JAN BEINSSEN

DIE PATEN VOM KNOBLAUCHSLAND

Kriminalroman

ars vivendi

Originalausgabe

3. Auflage Januar 2013
2. Auflage Juni 2012
1. Auflage April 2012

www.arsvivendi.com

Lektorat: Dr. Hanna Stegbauer
Umschlaggestaltung: ars vivendi verlag
unter Verwendung einer Fotografie von
VRD/fotolia.com (oben), Chobe/Photocase.de (unten)
Druck: CPI Ebner & Spiegel, Ulm
Printed in Germany

ISBN 978-3-86913-113-9

Für Waltraud

»*Knoblauch geht immer.*«

Norbert Treuheit

1

Mit spitzen Fingern griff Paul Flemming nach einem Radieschen, das von Erde säuberlich befreit und mit Glanzlack besprüht worden war, und ordnete es etwa drei Zentimeter neben der Stelle an, von der er es aufgelesen hatte.

Ähnlich ging er mit zahlreichen weiteren Radieschen vor, die er sorgsam auf dem blitzblank geschrubbten, steinernen Boden der Scheune platzierte. Es dauerte seine Zeit, bis er endlich mit seinem Arrangement zufrieden war, sich erhob, hinter das Stativ trat und durch das Okular seiner Fotokamera blickte.

»Au, mein Rücken!«, beschwerte sich eine junge Frau, die zwischen dem Rettichgemüse auf den kalten Bodenplatten lag und die er in seiner Konzentration auf die Radieschen beinahe vergessen hätte. Sie war heublond, schlank und trug lediglich einen Bikini, der farblich das kräftige Rot der Knollen und das Blattgrün des Strunks aufgriff.

»Nur noch einen Moment«, sagte Paul, während er an seinem Objektiv drehte, um die Schärfe nachzujustieren. »Wir haben es gleich. Bitte jetzt ganz entspannt bleiben.« Er drückte den Auslöser und aktivierte damit vier Blitzlichter, die mit segelflächenartigen Stoffen bespannte Schirme erleuchteten und die Scheune in ein gleichzeitig mildes und helles Licht tauchten.

»Wunderbar!«, rief Paul und schoss weitere Fotos. Er war glücklich über das Ergebnis, das er zunächst zwar nur im Miniaturformat auf dem kleinen Bildschirm seiner Spiegelreflexkamera anschauen konnte, dessen Qualität er jedoch mit Kennerblick zu beurteilen verstand.

In den vergangenen Tagen hatte er etliche Fotos dieser Art gemacht. Er hatte eine etwas kräftigere Dame um die vierzig im weißen, rüschenbesetzten Kleid mit einem ebenso weißen Haarband fotografiert, deren muskulöse Beine in quietschgelben Gummistiefeln steckten und die in mit Regenwasser gefüllten Spurrinnen auf einem Feldweg posierte. Eine andere Frau, ebenso vollbusig wie temperamentvoll, hatte sich für ihn zwischen Kisten voller Tomaten geräkelt, während wieder eine andere sich mit lasziver Miene an den mannshohen Reifen eines großen Traktors schmiegte.

Die Fotos waren allesamt für einen Kalender bestimmt, der vom Landwirtschaftlichen Erzeugerverband Nürnberger Knoblauchsland in Auftrag gegeben worden war. Er würde Bäuerinnen und Bauerntöchter im rustikalen Ambiente von Bayerns größtem Gemüseanbaugebiet zeigen. Seine Modelle sollten sich offenherzig geben, aber ja nicht zu sehr. Außerdem sollten die Bilder die naturnahe Heimatverbundenheit des Gemüseanbaus wiedergeben. Eine Kombination, die Paul während der Vorbereitung einiges Kopfzerbrechen bereitet hatte, die er dann aber durch das Darstellen starker Kontraste zu lösen versuchte. Das gelang ihm, indem er die natürlichen Vorzüge seiner Laienmodelle durch reichlich Make-up, Nagellack und Haarspray betonte und auf makellose Kleidung wie frisch aus der Reinigung Wert legte, sie gleichzeitig aber im unverfälschten landwirtschaftlichen Ambiente abbildete, wo er Erde, Staub und Maschinenöl ihre Wirkung entfalten ließ. Dadurch erschienen die jungen Damen auf den ersten Blick wie Fremdkörper in einer rauen Männerwelt, strahlten durch ihr selbstverständliches Auftreten in der ihnen vertrauten Umgebung jedoch das genaue Gegenteil aus. Ein reizvolles Spannungsverhältnis, meinte Paul.

»Miss Radieschen« würde das Kalenderblatt des Monats Mai schmücken. Als nächstes stand heute noch der Monat November in seinem Terminkalender, für den sich ein Modell mit Knoblauchzöpfen ablichten lassen würde. Auch für dieses Motiv hatte er seine ganz speziellen Ideen. Das Set hatte er bereits in den frühen Morgenstunden aufgebaut, sodass sie sofort loslegen konnten, wenn das Mädel auftauchte.

Doch das Knoblauchmädchen erschien nicht zum vereinbarten Termin. Paul hatte sein Radieschen-Set längst abgebaut, wartete vor der Scheune und blinzelte gegen die kräftige Augustsonne, um die Uhrzeit vom Turm der nahen Kraftshofer Wehrkirche ablesen zu können. Sein Modell war mehr als eine halbe Stunde überfällig!

Das passte Paul gar nicht, denn für den frühen Abend hatte er sich mit Katinka Blohm zum Essen verabredet. Er wollte seine frisch angetraute Braut ungern warten lassen, um nicht gleich am Anfang ihrer Ehe den Eindruck aufkommen zu lassen, dass er sein Interesse an ihr schleifen ließ, kaum dass der Ehering auf seinem Finger steckte. Missmutig stieß er mit der Fußspitze einen Ziegel beiseite.

»Das sieht Frieda gar nicht ähnlich.« Das Radieschenmodell hatte sich inzwischen etwas übergezogen und tauchte mit gekräuselter Stirn neben Paul auf. »Sie ist sonst ziemlich zuverlässig.« Es sah aus, als würde sie nach Ausnahmen suchen, bekräftigte dann aber: »Ja, auf die Frieda kann man sich verlassen! Mich wundert, dass sie noch nicht da ist.«

»Zuverlässig oder nicht: Wenn sie nicht in den nächsten Minuten auftaucht, muss ich das Shooting streichen«, sagte Paul zerknirscht und suchte gedanklich nach einem Ausweichtermin. Er drehte sich zu der Frau um. »Hat es sich Ihre Freundin vielleicht in letzter Minute anders überlegt und Angst vor der eigenen Courage bekommen?«

»Nee! Frieda hat sich total auf diese Bilder gefreut. Gestern haben wir noch darüber gesprochen, wie stolz wir sind, bei dem Kalender mitmachen zu können.«

»Dann frage ich mich erst recht, warum sie nicht aufkreuzt.« Um die Warterei abzukürzen, nahm er sich seinen Fotoapparat zur Hand und schlug vor: »Hängen wir ein paar Außenaufnahmen dran! Sie posieren vor diesem Holzstapel da vorn. Ich klettere auf die Stiege dort drüben und nehme das Ganze von schräg oben auf, mit den Äckern im Hintergrund.« Als das Mädchen nicht sofort auf seinen Vorschlag ansprang, fügte er hinzu: »Ich mache Ihnen Abzüge von den Aufnahmen, dann haben Sie gleich ein Geschenk für Ihren Freund.«

Nun folgte sie seinen Anweisungen, während Paul verschiedene Blenden und Belichtungszeiten ausprobierte. Auf diese Weise verbrachten sie eine weitere Viertelstunde, doch Frieda ließ sich nicht blicken. Abermals schaute Paul auf die Uhr. »Ich warte noch genau fünf Minuten.«

»Vielleicht hat sie Ärger zu Hause«, mutmaßte sein Modell, dem das Zuspätkommen der Freundin sichtlich unangenehm war. »Friedas Mutter lebt nicht mehr, und ihr Vater macht manchmal Zoff, der ist ziemlich dickköpfig.«

»Hat er dem Kalender womöglich nicht zugestimmt?«, argwöhnte Paul.

»Doch, klar, ist ja auch eine gute Werbung für seinen Betrieb. Außerdem ist Frieda 19. Die kann tun und lassen, was sie will.«

»Wenn das so ist, müssen wir hier ja nicht länger Däumchen drehen und spekulieren. Frieda wird wissen, warum sie mich sitzen lässt.« Paul griff nach der großen Tasche mit seiner Ausrüstung.

»Moment!«

Paul spürte die zartgliedrige Hand der jungen Frau auf seinem Arm. »Ja?«

»Der Bruns-Hof liegt gleich um die Ecke. Ich laufe schnell mal hin und sehe, ob ich Frieda finde. Bin gleich wieder da!«

Mit diesen Worten ließ sie Paul stehen und spurtete an einer stattlichen Linde vorbei, die verwitterte Sandsteinmauer des anliegenden Gehöfts entlang. Im nächsten Moment war sie aus seinem Blickfeld verschwunden.

Paul ergab sich in sein Schicksal, lehnte sich ans Scheunentor und ließ sich die Sonne ins Gesicht scheinen. Immer Ärger mit den jungen Dingern, dachte er, aber so lief sein Geschäft nun einmal. Ein Fotoshooting dieses Umfangs hatte er noch nie ohne unliebsame Überraschungen und Verzögerungen durchziehen können. Warum sollte es ihm dieses Mal besser ergehen?

Während er wartete, ließ er sich von der angenehmen Wärme dieses herrlichen Sommertages besänftigen. Keine noch so kleine Wolke hing im knallblauen Himmel. Ganz anders als vor drei Monaten, dachte er zurück: Als sich Katinka und er im feudalen Pellerschloss zu Fischbach standesamtlich trauen ließen, regnete es draußen

Bindfäden. Nicht viel besser sah es bei der kirchlichen Trauung in der Sebalduskirche und der anschließenden Hochzeitsfeier im *Museum Gastronomie & Kultur* in Johannis aus: Die geplante Gartenparty fiel buchstäblich ins Wasser, sodass die gut hundertköpfige Hochzeitsgesellschaft in den – auch sehr schönen – Räumen der Villa untergebracht werden musste. Obwohl Paul einiges dafür gegeben hätte, wenn die Sonne am wichtigsten Tag in seinem Leben wenigstens ab und zu gelacht hätte, empfand er seine Trauung rückblickend als rundum gelungen – ohne Zweifel die schönsten Stunden seines Lebens.

Einzelne Momente der Feier gingen ihm durch den Kopf: die Tränen seiner Mutter Hertha während der standesamtlichen Trauung und die – unerwarteten – seines Vaters Hermann in der Kirche. Dann die vielen einfallsreichen Überraschungen ihrer Freunde und Verwandten, allen voran Jan-Patricks gigantische Hochzeitstorte, für deren Erstellung er eigens Konditoren-Schulungen besucht hatte. Auch Victor Blohfelds Hochzeitszeitung, die vor Witz und Esprit nur so sprühte und für die er wohl schon seit Jahren heimlich Fotos geschossen hatte, war weit mehr als eine Geste. Sehr gerührt hatte ihn Hannahs Präsent: Gemeinsam mit einigen Kommilitonen brachte seine neue Stieftochter ein Katinka und Paul auf den Leib geschriebenes Mini-Musical zur Aufführung, wobei sie das Leben des Brautpaares in ein zurückliegendes Jahrhundert versetzt hatte und mit Kostüm und Perücke auftrat. Darin stellte sie Katinka als Prinzessin dar, die sich des armen Gauklers Paul erbarmte und ihn gegen alle höfischen Widerstände zum Mann nahm. So ganz unrecht hatte Hannah mit diesen Parallelen nicht, dachte Paul.

Er schwelgte noch immer in Erinnerungen an den Mai, als seine Kundschafterin zurückkehrte. Paul musste zweimal hinsehen, denn das Mädchen wirkte total verändert: Ihr Gesicht war wie Papier, die Augen gerötet. Als sie völlig derangiert vor ihm stand, ihre Arme kraftlos herunterfallen ließ und schluchzend um Atem rang, wusste Paul sofort, dass etwas Schlimmes vorgefallen war.

Er fasste sie an den Schultern, blickte ihr fest in die Augen und sagte: »Ganz ruhig. Holen Sie erst mal Luft. Was ist passiert?«

»Frieda!«, stieß die junge Frau aus, verschluckte sich und rang nach Luft.

Paul klopfte ihr behutsam auf den Rücken. »Ruhig, ganz ruhig. Was ist mit Frieda los?«

»Sie ist ...« Wieder verschluckte sie sich, hustete. »Ich habe sie gefunden. Auf halben Weg zum Bruns-Hof.«

»Was ist geschehen?« Paul bemühte sich um einen gemäßigten Tonfall. »Ist Frieda verletzt? Hatte sie einen Unfall?«

»Verletzt?« Die junge Frau sah ihn entsetzt an. Ihr Mund verzerrte sich, als sie stoßartig schrie: »Frieda! Sie ... sie ... ist ... tot! Tot!«

2

Frieda Bruns lag am Rande eines Sonnenblumenfeldes, nicht weit entfernt von einem der großen Gewächshäuser, die in den letzten Jahren wie Pilze aus dem Boden geschossen waren. Es war ein Bild, das im ersten Moment nichts Erschreckendes oder Abstoßendes an sich hatte. Paul nahm zunächst die kräftigen Farben wahr: das Gelb der Blumen, das Grün der Stiele und Blätter, das Braun des Humusbodens. Satte, leuchtende Farben, überstrahlt vom grellen Licht der Sonne.

Die Tote fügte sich in dieses Bild auf beinahe harmonische Weise ein, denn ihr Körper war keineswegs entstellt, wie es Paul befürchtet hatte, sondern passte sich den fließenden, natürlichen Linienführungen der Umgebung an. Paul gingen aberwitzige Vergleiche mit Werken van Goghs durch den Sinn: seine Sonnenblumen und die berühmten Landschaftsbilder, hier lediglich ergänzt durch einen toten Körper, der dem exzentrischen Maler wahrscheinlich als zusätzliche Inspiration gedient hätte.

Paul schüttelte diese unangebrachten Gedanken ab und konzentrierte sich auf das, was er sah: Frieda lag auf dem Rücken, den linken Arm angewinkelt und die Hand dicht am Kopf, als hätte sie ihn im Fallen noch schützen wollen. Der rechte Arm ruhte schlaff neben dem Körper. Ihre Beine waren ebenfalls leicht angewinkelt. Frieda trug eine weiße, ärmellose Bluse und einen ebenfalls weißen Rock mit klassischen Blumenmustern. Ihre Füße steckten in hellen Slippern.

Er näherte sich dem Mädchen, während seine Begleiterin von Weinkrämpfen geschüttelt zurückblieb. Er schob einige der mannshohen Sonnenblumen zur Seite, die ihm im Weg standen, und betrachtete Friedas Gesicht, das entspannt wirkte: kein Ausdruck von Schmerz oder Entsetzen, höchstens so etwas wie Verwunderung. Ihre fuchsroten Haare kringelten sich um ihre Stirn und waren in Höhe der linken Schläfe blutverklebt.

Auch auf die Gefahr hin, Spuren zu verwischen, ging Paul neben Frieda in die Knie, nahm ihr Handgelenk und fühlte den Puls. Zwar war ihre Haut noch warm, doch das Herz schlug nicht mehr. Es bestand kein Zweifel: Frieda war nicht mehr am Leben, und Paul fragte sich zutiefst beunruhigt, was hier geschehen sein könnte. Ein gesundes junges Mädchen war doch wohl nicht einfach umgefallen und gestorben.

Während seine Begleiterin wenige Schritte hinter ihm weiter bitterlich weinte, setzte Paul seine Untersuchung fort. Mehrere Fragen trieben ihn zum Handeln, die wichtigste lautete: Wie unglücklich musste Frieda gefallen sein, um durch so einen Sturz ums Leben zu kommen? Durch simples Stolpern stirbt man ja selten, dachte er und beugte sich noch dichter über sie. Er fand die Ursache ihrer Kopfwunde in einem großen Stein, dessen scharfkantige Spitze zwischen den Ackerkrumen hervorlugte und eindeutig Blutspuren trug. Paul wunderte sich darüber. Entfernten die Bauern solche Brocken nicht normalerweise, um ihre Pflüge nicht zu beschädigen? Andererseits lag der Stein ganz am Rand des Feldes und war vielleicht übersehen worden. Die Spitze des Steins hatte Friedas Schläfe durchschlagen und ihr die tödliche Wunde zugefügt, mutmaßte Paul.

Das erklärte aber noch nicht, weshalb sie überhaupt gestürzt war. Paul sah sich um. Hatte er ein umgekipptes Fahrrad übersehen? Doch weit und breit war kein Radl zu entdecken, woraus er schloss, dass sie zu Fuß unterwegs gewesen war. Dass sie von einem Autofahrer angefahren und ins Feld geschleudert worden war, schloss er ebenfalls aus. Denn dann würde ihr Körper noch ganz andere Verletzungen aufweisen.

Für Paul blieb vorerst nur eine Erklärung übrig: Jemand hatte Frieda gestoßen, und zwar mit großer Wucht.

Er blickte sich nach dem weinenden Mädchen um, zog sein Handy aus der Hosentasche und sagte: »Ich rufe die Polizei.«

Als er sah, wie seine Begleiterin noch blasser wurde und zu wanken begann, fügte er eilig hinzu: »Und einen Arzt für Sie. Setzen Sie sich so lange besser hin.«

An die Glaswand eines benachbarten Gewächshauses gelehnt, warteten beide auf das Eintreffen der Einsatzkräfte. Es dauerte keine fünf Minuten, bis der erste Streifenwagen neben ihnen hielt, kurz darauf folgte der Notarzt.

»Sie steht unter Schock«, erklärte ihm Paul und zeigte auf seine schlotternde Begleiterin, doch der Arzt folgte zunächst den Polizisten zum Sonnenblumenfeld. Nach kurzer Untersuchung kam der Doktor zum selben Schluss wie zuvor schon Paul und schüttelte wortlos den Kopf. Erst jetzt nahm er sich der Miss Radieschen an, die mindestens genauso blass war wie die Leiche. Der Arzt untersuchte sie, bevor er ihr auf die Beine half und gemeinsam mit einem Rettungssanitäter zum Krankentransporter führte.

Weitere fünfzehn Minuten vergingen, bis zwei zivile Fahrzeuge der Polizei vorfuhren. Mehrere Personen stiegen aus, sondierten die Lage. Ein hochgewachsener, gertenschlanker Mann mit sandfarbenem Jackett warf einen kurzen Blick auf die Tote und wandte sich unmittelbar an Paul:

»Sie haben uns verständigt?«, fragte er. »Haben Sie den Leichnam entdeckt?«

»Ja und nein«, antwortete Paul, was den Fragenden sichtlich irritierte. »Ja, ich habe die Polizei verständigt. Aber gefunden wurde die Tote von dem Mädchen drüben im Rettungswagen. Darf ich fragen, wer Sie sind?«

Der schlaksige Mann zückte mit wichtiger Geste einen Ausweis. »Winfried Schnelleisen, Kripo Nürnberg.«

Paul fiel auf, dass Schnelleisens Haare nahezu die gleiche Farbe hatten wie sein Jackett und dass sein Gesicht ebenso zerknittert wirkte. »Okay, Herr Schnelleisen. Mein Name ist Flemming. Paul Flemming.«

»Wie heißt die Zeugin, die die Leiche entdeckt hat?«, fragte der Kommissar und klang gereizt.

Paul zuckte leicht mit den Schultern. »Mandy, glaube ich.«

»Sie glauben? Ist sie nicht Ihre Freundin?«

»Nein, nein, sie hat mir Modell gestanden«, stellte Paul klar. »Ich bin Fotograf und arbeite an einem Kalender über Bäuerinnen aus dem Knoblauchsland.«

Schnelleisen kniff die Augen zusammen, nahm einen Notizblock zur Hand und kritzelte etwas hinein. Der Bleistift, mit dem er schrieb, war am oberen Ende zerkaut wie die Stifte von Grundschülern. Paul registrierte die schlechten Zähne des Kommissars, die hinter seinen aufgeworfenen Lippen zum Vorschein kamen, als er fragte: »War die Tote auch eines Ihrer Modelle?«

Paul bestätigte dies, nannte den Namen des Opfers und wies darauf hin, dass der elterliche Hof ganz in der Nähe lag. »Es wäre gut, wenn Sie ihren Vater möglichst schnell verständigen. Bevor er sich selbst auf die Suche macht.«

»Was ich wann tue, überlassen Sie bitte mir, Herr Flemming«, entgegnete Schnelleisen streng. »Frieda Bruns war also auch ein Fotomodell. War sie gut?«

Paul hatte das Gefühl, dass etwas Anzügliches im Tonfall des Ermittlers mitschwang. »Wie meinen Sie das?«, fragte er und war auf der Hut.

»Hat sie getan, was Sie von ihr verlangt haben? Oder hat sich das junge Ding geziert?«

Paul bedachte den unsympathischen Kripomann mit einem feindseligen Blick. »Ich weiß nicht, worauf Sie hinaus wollen.«

Schnelleisen lächelte breit und gemein und gab damit erneut den miserablen Zustand seines Gebisses preis. »Hat sich Frieda Bruns geweigert, sich für Sie auszuziehen? Hat Sie das wütend gemacht? So wütend, dass Sie ausgerastet sind?«

Paul schnappte nach Luft. Er brauchte einen Moment, um sich zu fangen. Dann nahm er sein Handy und drückte die Kurzwahltaste mit Katinkas Nummer.

»Was tun Sie da?«, fragte Schnelleisen aggressiv.

»Ich rufe eine Freundin an.«

»Noch eine Freundin? An Damenbekanntschaften mangelt es Ihnen ja nicht gerade«, ätzte der Beamte und befahl: »Stecken Sie das Handy weg! Sofort!«

Paul kam der Anweisung nach, ohne jedoch den Anruf zu unterbrechen. Sobald Katinka, die seinen Tagesplan und Aufenthaltsort kannte, abnahm, würde sie das weitere Gespräch live verfolgen können. Paul war sich sicher, dass sie nicht lange fackeln und binnen kürzester Zeit selbst am Tatort erscheinen würde. Er grinste in sich hinein, während er sich die nächste unverschämte Äußerung des Polizisten anhörte:

»Für mich sind Sie hochgradig verdächtig«, tönte Schnelleisen. »Ein Schmuddelfotograf und ein hübsches totes Mädchen – da weiß ich doch sofort, was Sache ist.«

»Wer sagt Ihnen denn, dass meine Fotos schmuddelig sind?«, stellte Paul eine Gegenfrage.

Schnelleisen sah ihn scheel an. »Ihr schlechter Ruf ist mir bereits zu Ohren gekommen, Herr Flemming«, sagte er und zückte erneut seinen Block. »Und jetzt Schritt für Schritt: Wie hat sich das Ganze abgespielt? Wie ist es zu der Tat gekommen?«

»Über die Tat kann ich Ihnen nichts sagen. Mandy und ich waren die letzten Stunden mit einem anderen Shooting beschäftigt, Frieda wäre dann als Nächste an der Reihe gewesen. Aber sie ist nicht zum verabredeten Termin erschienen.«

»Wo wäre der angebliche Treffpunkt denn gewesen?«

Paul deutete auf die Scheune, die noch in Sichtweite östlich des Feldes lag. »Als sie nicht auftauchte, hat sich Mandy auf den Weg gemacht, um nach Frieda zu suchen. Ja, und als sie hier vorbeikam, stieß sie auf die Leiche.«

Schnelleisen nagte am Bleistift, bevor er fragte: »Wo waren Sie zu dieser Zeit?«

»Sie meinen, während Mandy nach Frieda suchte?«

»Genau das meine ich.«

»Ich bin so lange an der Scheune geblieben.«

»Allein?«

»Ja ... sicher, denn Mandy war ja unterwegs.«

»Dann gibt es also keine Zeugen, die bestätigen können, dass Sie sich weiterhin an der Scheune aufhielten?«

»Nein, natürlich nicht. Aber Sie glauben wohl nicht etwa, dass ich aus der Scheune gerannt bin, Mandy überholt habe – vielleicht quer durch die Sonnenblumen an ihr vorbei – und Frieda abgepasst habe?«

»Warum nicht? Wenn Sie sich beeilt hätten, wäre das leicht möglich gewesen.«

Paul fasste sich an den Kopf. »Vergessen Sie das, Herr Schnelleisen! Ich habe Frieda nicht umgebracht, ich bin nicht mal in ihre Nähe gekommen!«

Schnelleisen musterte Paul von oben bis unten. Lakonisch stellte er fest: »Sie sind nicht der Mörder, sagen Sie? Seltsam, dass Ihre Hände und Knie dann voller Blut sind.«

Paul schaute entsetzt auf seine Hände. »Aber das ... – ich musste doch feststellen, ob Frieda tatsächlich tot war oder ob ihr noch geholfen werden konnte.«

Schnelleisen machte eine letzte Notiz, bevor er seinen Block zuklappte. »Ich werde mir als Nächstes Ihre Mandy vorknöpfen und hoffe in Ihrem Interesse, dass sie Ihre Aussagen bestätigt.«

Paul machte zehn Kreuze, als kurz darauf ein perlweißer Mini in rasantem Tempo über die Feldwege auf sie zu sauste. Sein Telefontrick hatte also zum erwünschten Erfolg geführt.

Als Katinka, geschäftsmäßig in einem anthrazitgrauen Kostüm mit passenden Schuhen und Haarband, aus ihrem Wagen stieg, hatte sie für Paul nur einen flüchtigen Kuss auf die Wange und ein dahingehauchtes »Hallo, Schatz« übrig. Nach blitzschneller Orientierung eilte sie mit energischen Schritten auf den Rettungswagen zu.

Dort stand Schnelleisen großkotzig mit einem Fuß auf dem Trittbrett, den linken Arm an die Hecktür gelehnt, und redete auf Mandy ein, die in sich zusammengesunken am Fußende einer Tragbahre saß und unablässig weinte.

»Reden Sie doch keinen Mist, Fräulein!«, fauchte der Kommissar das verzweifelte Mädchen an. »Sie können mir nicht weismachen, dass Sie die Tote durch Zufall gefunden haben. Mitten zwischen den Sonnenblumen hätten Sie sie doch gar nicht sehen können, wenn Sie – wie Sie behaupten – einfach nur vorbeigelaufen wären.«

»Aber so war es!«, jammerte Mandy. »Ich bin gerannt, ja, aber nicht so schnell, und aus den Augenwinkeln habe ich ...«

»Quatsch!«, unterbrach Schnelleisen sie. »Soll ich Ihnen sagen, was ich glaube?« Er beugte sich vor, sodass er ihrem verheulten Gesicht ganz nahe kam. »Ich glaube, dass Sie mit Ihrer Aussage den Fotografen schützen wollen. Er hat Ihnen eingeflüstert, wo Sie die Leiche finden würden. Warum lügen Sie für ihn? Haben Sie ein Verhältnis mit Flemming?«

Katinka hustete in ihre geballte Faust und schreckte Schnelleisen auf. Entgeistert starrte er sie an. »Guten Tag, Herr Schnelleisen«, sagte sie höflich, während sie ihn mit eiskaltem Blick fixierte. »Fleißig am Verhören?«

»Ja, immer am Ball, ja, wir kommen gut voran, Frau Oberstaatsanwältin«, plapperte er los, wobei seine Stimme schlagartig jegliche Schärfe eingebüßt hatte.

»Wer hat Sie denn informiert? Dass Sie so schnell vor Ort sind …«

Katinka griff den zwei Köpfe größeren Kommissar am Ellenbogen und dirigierte ihn außer Hörweite von Mandy und den Sanitätern. Noch immer höflich, aber sehr bestimmt sagte sie: »Zeugenbefragungen sind die eine Sache, das Vernehmen von Tatverdächtigen eine ganz andere. Wenn Sie eine der anwesenden Personen mit einem Tatverdacht konfrontieren, sind Sie verpflichtet, sie über das Recht auf einen Anwalt aufzuklären. Haben Sie das berücksichtigt?«

»Nein, das heißt: ja. Das heißt: Ich hätte es denen schon noch gesagt.« Schnelleisen wirkte komplett überrumpelt.

»Ich möchte keine weiteren Formfehler dieser Art erleben. Ist das klar?« Katinka fasste den Kommissar fest ins Auge und wartete auf eine Antwort.

»Ja«, sagte Schnelleisen gepresst. »Völlig klar.«

»Gut. Dann haben wir uns verstanden. Lassen Sie die Spurensicherung ihre Arbeit tun und nehmen Sie die Zeugenaussagen später im Präsidium zu Protokoll. Aber erst, wenn sich das arme Mädchen von seinem Schock erholt hat. Und informieren Sie die Eltern der Toten. Das hat Priorität.«

»Ja, eine traurige Pflicht. Das würde ich gern meiner Kollegin überlassen. Die hat in solchen Dingen mehr Einfühlungsvermögen.«

»Nein. Diese traurige Pflicht, wie Sie sagen, werden Sie höchstpersönlich übernehmen. Darauf lege ich Wert«, bestimmte Katinka und kehrte dem Kommissar den Rücken. Mit hängenden Schultern blieb Schnelleisen stehen.

»Du siehst blass aus«, sagte sie, als sie sich gleich darauf Paul zuwandte. »Keine schöne Sache, eine Tote zu finden, was?«

Paul atmete tief durch und spürte, wie sein Magen rumorte. Das war sicher kein Anzeichen von Hunger. »Ja, Kati, ich fühle mich ziemlich mitgenommen. Das hier hat mich verdammt tief getroffen.«

Katinka führte Paul außer Hörweite der anderen. Statt ihm aber tröstend den Arm umzulegen, ging sie recht unterkühlt auf seine gedrückte Stimmungslage ein: »Du bist doch ein halber Profi, mischt dich seit Jahren in fast jeden meiner Fälle ein und hast stets das letzte Wort bei Mordermittlungen. Warum werden dir auf einmal die Knie weich?«

Paul kannte Katinka gut genug, um zu wissen, dass er sich ihr nicht erklären musste. Sie wusste genau, was in ihm vorging und dass er trotz seiner gelegentlichen Erfolge als Hobbyermittler alles andere als ein abgebrühter Profi war. Dennoch versuchte er, seine Empfindung in Worte zu fassen: »Als ich Frieda in dem Feld liegen sah, habe ich zuerst gedacht: Das kann doch nicht wahr sein! Ich meine: Sie sah so lebendig aus und vor allem so jung. Es mag abgedroschen klingen, wenn man sagt, jemand hätte das ganze Leben noch vor sich gehabt. Aber auf Frieda traf das allemal zu. Eine bildhübsche junge Frau, die gerade auf dem Sprung ins richtige Leben war. Bei ihr wäre es jetzt erst richtig losgegangen! Und dann plötzlich, aus heiterem Himmel, reißt sie das Schicksal mitten raus aus der schönsten Phase ihres Daseins. Okay, das klingt pathetisch und aus meinem Mund vielleicht auch unangebracht, denn ich kannte sie persönlich ja gar nicht. Aber, verdammt, sie da so liegen zu sehen, hat mich mehr als nur angerührt. Wenn es nicht Mandy schon zur Genüge getan hätte, wäre ich neben Friedas Leiche genauso in Tränen ausgebrochen.«

Nun tat sie es doch: Katinka nahm Paul in den Arm.

3

Ein betörender Duft schlug Paul entgegen, als er den *Goldenen Ritter* betrat. Paul folgte dem fein würzigen Dunst durch den Gastraum bis in die Küche, wo er sich mit anderen köstlichen Gerüchen vermischte. Jan-Patrick, der kleine, flinke Küchenchef und de facto Pauls Haus- und Hofkoch, stand in seiner weißen Tracht an der Arbeitsplatte, auf der er diverse frische Zutaten ausgebreitet hatte. Auf dem Herd dampften und zischten derweil mehrere Töpfe und Pfannen, um die sich ein weiterer Koch und die Gehilfen kümmerten. Obwohl Paul noch nicht wusste, was sein Freund heute auf die Tageskarte geschrieben hatte, konnte ihn seine Nase nicht trügen:

»Knoblauch«, tippte er, was Jan-Patrick bestätigte.

»Ja, mein Lieber, diese Woche widme ich mich ganz und gar diesem wunderbaren Erzeugnis unserer Region.« Er schwenkte den brutzelnden Inhalt einer Pfanne und erklärte: »Ich habe ein paar Zehen klein gehackt und zwei Minuten in Öl gedünstet. In dieser Schüssel warten Artischocken im Zitronenwasser, die Stiele sind schon entfernt, ebenso die äußeren, etwas härteren Blätter und das Heu aus der Mitte. Ich gebe sie dem Knoblauch zu, bis sie goldgelb sind.« Der Koch drehte das Gas auf halbe Flamme, rührte ab und zu um und schüttete mehrere großzügige Schlucke fränkischen Weißwein dazu. Anschließend setzte er einen Deckel auf die Pfanne. »Die Artischocken müssen eine halbe Stunde schmoren, dann etwas frisch gepressten Zitronensaft darauf und einige Minzeblätter. Wenn du Zeit hast, darfst du nachher gern probieren.«

»Gern. Aber fürs Erste wäre mir ein Gläschen von dem Wein auch ganz recht. Ich hatte einen miserablen Tag und möchte auf andere Gedanken kommen.«

Jan-Patrick wischte seine Hände an einem Handtuch ab und ging zu einem seiner Kühlschränke. »Den Wein, den ich zum Kochen verwende, könnte ich zwar guten Gewissens als Tafelwein auf meine Karte setzen, aber wenn du so einen schlechten Tag hattest, verdienst du Besseres.« Er stellte einen Bocksbeutel mit goldener Qualitätsplakette auf die Arbeitsplatte, dazu zwei Gläser. »Scheurebe aus dem Supersommer 2010. Der Favorit meines Stammwinzers aus Volkach.« Jan-Patrick goss ihnen beiden ein.

Schon nach dem ersten Schluck ging es Paul besser. Während Jan-Patrick seine Kochtöpfe unter Kontrolle hielt, rührte, schnupperte und kostete, erzählte Paul von den Geschehnissen der vergangenen Stunden, von der Toten im Sonnenblumenfeld, dem unsympathischen Kommissar und seiner Rettung durch Katinka.

»Und sie hat dich einfach laufen lassen?«, hakte Jan-Patrick ein.

»Natürlich. Was ist das für eine Frage? Ich war doch bloß ein Zeuge.« Und außerdem ihr Mann, fügte er in Gedanken hinzu.

»Das sah dieser Fiesling Schnelleisen wohl anders, wenn ich richtig zugehört habe.«

»Stimmt, aber er hatte nichts gegen mich in der Hand und hat bloß den großen Macker markiert. Inzwischen haben die Spurensicherer bestimmt schon Hinweise auf den Täter gefunden, womit dieser absurde Vorwurf gegen mich schnell aus der Welt geschafft sein dürfte.«

»Worauf tippst du denn? Handelte es sich um ein Sexualverbrechen?«

»Möglicherweise. Aber ich bin nicht sicher. Frieda war vollständig angezogen, der Rock nicht mal ansatzweise verrutscht.«

»Na ja, auf jeden Fall eine schlimme Sache. Wie alt war das arme Mädel überhaupt?«

»Gerade mal 19.«

»Eine Schande. Sie hatte noch ihr ganzes Leben vor sich. Hoffentlich wird der Mistkerl, der das getan hat, bald gefasst. Das habe ich doch richtig verstanden, dass es kein Unfall war?«

»Zumindest wird in alle Richtungen ermittelt. Denn für einen Unfall gibt es zu viele Unstimmigkeiten.«

Jan-Patrick lüpfte den Deckel der Artischockenpfanne, wendete den Inhalt und deckte sie wieder ab. »Ist Katinka wohl noch mal in ihren Justizpalast gefahren, oder weshalb hast du sie nicht gleich zum Essen mitgebracht?«, wollte er dann wissen.

Paul bestätigte Jan-Patricks Vermutung und erklärte, dass sie zurzeit sehr viel zu tun habe und abends kaum vor sieben oder acht nach Hause kam.

»Apropos nach Hause«, meinte der Koch und schürzte die Lippen. »Wo ist denn euer Heim eigentlich? Ein Ehepaar braucht doch seine gemeinsamen vier Wände. Oder willst du mir erzählen, dass ihr eure beiden getrennten Wohnungen behalten wollt?«

Paul wirkte nicht ganz glücklich, als er erklärte: »Nein, wir haben – wie du weißt – zwar unsere Nachnamen behalten, aber selbstverständlich wollen wir zusammenziehen. Katinka hat auch schon eine traumhaft schöne Mansardenwohnung an der Kleinweidenmühle für uns gefunden. Parkettboden, offene Küche, großes Bad, unverbaubarer Pegnitzblick.«

»Du siehst nicht so aus, als würdest du dich darüber freuen.«

»Doch, tue ich! Es fällt mir nur schwer, mich von meinem Loft am Weinmarkt zu trennen. Ich habe mich dort sehr wohlgefühlt all die Jahre und gern mitten in der City gewohnt. Ich werde mein Atelier vermissen – und meine Nachbarn.«

Jan-Patrick klopfte ihm aufmunternd auf die Schultern. »Von der Kleinweidenmühle bis hierher ist es keine Weltreise. Wir werden uns schon nicht aus den Augen verlieren.«

Als Jan-Patricks Knoblauch-Artischocken-Gericht fertig war und er es seinem Freund im inzwischen gut gefüllten Gastraum kredenzte, stieß wie gerufen Katinka zu ihnen. Paul spürte, dass sie erschöpft war, aber es sich nicht anmerken lassen wollte.

»Mm, riecht wunderbar!«, sagte sie, nachdem sie an Pauls Teller geschnuppert hatte. »Bekomme ich auch eine Portion davon – oder kann ich mich mit der Knoblauchfahne morgen nicht mehr ins Gericht wagen?«

»Pah, der wahre Feinschmecker steht über solchen Dingen«, meinte Jan-Patrick mit erhobener Nase. »Außerdem wirst du erfahren, dass man von frischem Knoblauch, wie ich ihn verwende, nicht stinkt«, erklärte er würdevoll und verschwand in der Küche.

Paul drückte ihr einen Kuss auf die Lippen. »Schön, dass du da bist.« Er erkundigte sich nach dem Stand der Ermittlungen.

Doch viel Neues hatte Katinka nicht zu berichten.

Fest stand bisher lediglich, dass Frieda einen Schädelbasisbruch erlitten hatte, zugefügt offenbar durch den Sturz auf den aus dem Ackerboden ragenden Steinbrocken, den Paul schon bemerkt hatte. »Aber sie ist nicht von selbst umgefallen, etwa durch einen Schwächeanfall oder so. An ihrem Körper wurden Spuren äußerer Gewaltanwendung gefunden. Solche, die man sich bei einer Rangelei zuzieht. Wir haben unter anderem Druckstellen an ihren Oberarmen feststellen können.«

»Das heißt, jemand hat sie überfallen, mit ihr gekämpft und sie geschubst?«, fragte Paul und spekulierte: »Der misslungene Versuch einer Vergewaltigung?«

»Es ist zu früh für solche Theorien«, bremste Katinka seinen Eifer. »Ich werde die Obduktion abwarten und erst danach meine Schlüsse ziehen.« Ihr Gesichtsausdruck veränderte sich, als sie eine Frage anschloss: »Sag mal, hast du jemanden in der Nähe des Tatorts gesehen?«

Paul dachte kurz nach und schüttelte den Kopf. »Keine Menschenseele. Wer auch immer es getan hat, hat sich schnell aus dem Staub gemacht. Als ich sie fand, kann sie noch nicht lange tot gewesen sein. Ihre Haut war so warm wie die einer Lebenden. Das müsste durch eure Gerichtsmediziner inzwischen doch bestätigt worden sein.«

»Und das andere Mädchen, diese Mandy? Traust du ihr eine Gewalttat zu?«

»Mandy?«, fragte Paul verblüfft und dachte an die unschuldig naive Miss Radieschen. »Nein! Wie kommst du darauf? Was sollte sie für einen Grund gehabt haben?«

»Vielleicht steckt ja Eifersucht dahinter. Womöglich waren beide hinter demselben Mann her.«

»Nein«, wiederholte Paul seine Überzeugung. »Das kann ich mir nicht vorstellen. Außerdem war Mandy ja fast den ganzen Nachmittag mit mir zusammen. Sie hätte gar keine Gelegenheit gehabt, die Tat auszuführen. Ausgenommen die paar Minuten, in denen sie nach Frieda gesucht hat.«

»Trotzdem muss sich die Polizei noch einmal mit ihr unterhalten. Und auch mit dir, Paul. Wir müssen ein lückenloses Bild der Abläufe gewinnen.« Sie sah ihn mitleidig an. »Keine guten Voraussetzungen für deine Arbeit, was? Wirst du den Kalender denn trotzdem zu Ende bringen?«

Paul schniefte. »Eigentlich ja, aber es ist natürlich vorstellbar, dass das ganze Projekt abgesagt wird. Morgen fahre ich raus und frage meine Auftraggeber, wie es weitergehen soll. Zugegeben: Ganz wohl ist mir nicht dabei, weiterzumachen und einfach so zu tun, als wäre nichts passiert.«

Katinka drückte Pauls Hand. »Das kann ich gut nachvollziehen. Willst du meine Meinung hören? Es ist besser, wenn du nicht weitermachst. Du findest doch leicht einen anderen Auftrag.«

Dieser Satz versetzte Paul einen Stich: Das hörte sich ja an, als würde er von der Hand in den Mund leben. Was in gewisser Weise zwar zutraf, ihn aber gerade von Katinka kommend kränkte und in ihm ein trotziges Gefühl aufkommen ließ.

4

Weil das Wetter so schön war und er nicht einrosten wollte, fuhr er mit dem Rad ins Knoblauchsland. Dabei fiel ihm wieder einmal auf, wie kleinteilig die Felder und Äcker angelegt waren. Statt auf großen Flächen, wie in anderen landwirtschaftlich genutzten Gegenden, bauten die Bauern ihr Gemüse in übersichtlichen Parzellen an oder in Streifen, kaum breiter als 20, höchstens 30 Meter. Während Paul in die Pedale trat, wechselten seine Blicke zwischen grünem Salat, Lauch und Kohlrabi hin und her, gleich darauf folgten Rettich, Sellerie und Rote Bete. Paul strampelte weiter und sah ein Lilienfeld an sich vorbeiziehen, dann Begonien, Gladiolen, Ringelblumen und – ungewöhnlich für unsere Klimazone – sogar Lavendel. Ein schöner Anblick, verbunden mit intensiven Gerüchen und Düften, der nur gestört wurde durch die Gewächshäuser, die das harmonische Bild der kleinen Felder durchbrachen und nach Pauls Empfinden schmälerten. Vor allem die riesigen Glasfronten der neuesten Generation waren ihm ein Dorn im Auge, denn sie nahmen in ihren Ausmaßen beinahe industrielle Züge an.

Am Treffpunkt für die heutigen Aufnahmen, einem Vorhaltebecken für die Bewässerung, ließ er sein Rad ausrollen. Er hatte vor, dem Modell persönlich abzusagen, statt die Sache anonym per Handy zu regeln. Genauso wollte er es mit seinen Auftraggebern vom Bauernverband handhaben, deren Bürozeiten aber erst später begannen. Doch nun stockte er.

Seine Verabredung war nicht allein. Zu Pauls großem Missfallen fand er sie in einvernehmlichem Plausch mit einem gedrungenen Mann in schwarzer Motorradkluft vor. Dem Biker baumelte eine Kamera mit protzigem Teleobjektiv vor der Brust, und er war offensichtlich drauf und dran, die junge Frau davon zu überzeugen, sich auszuziehen. Denn begonnen hatte sie bereits damit, wie Paul feststellte, und er zögerte nicht, den beiden in die Parade zu fahren:

»Was geht denn hier ab?«, fragte er bewusst laut und mit kaum verhohlener Aggression. »Das ist mein Shooting!«, stellte er klar und versetzte dem Mann in der Lederkombi einen Stoß gegen die Schulter. Das tat er ziemlich kräftig, weil er wusste, dass man bei diesem Kollegen nur so eine Chance hatte, ernst genommen zu werden. Paul wusste auch, dass er dem anderen nicht mit subtiler Rhetorik beikommen konnte. »Ich gebe dir einen guten Rat: Verzieh dich, Axel!«

Axel Bär war freischaffender Fotograf genau wie Paul, aber befreit von jedwedem Berufsethos. Paul kannte ihn seit etlichen Jahren und hatte Bärs Laufbahn ebenso aufmerksam wie missbilligend verfolgt: vom Schmuddelfotografen zum Paparazzo, weiter zum Sensationsknipser für die *BILD* und zurück zum Schmuddelfotografen. Ihre Wege hatten sich immer wieder gekreuzt, und jedes Mal hatte es Stunk gegeben.

Bär lächelte breit und fuhr sich mit der Hand über sein blondiertes, bürstenkurzes Haar. »Eine deiner Schönen ist ermordet worden, steht in der Zeitung. Man munkelt, du hättest die Hosen voll und wolltest aussteigen. Ich tue dir den Gefallen und springe für dich ein. Was ist schon dabei?«

Wie konnte Bär wissen, dass sich Paul Gedanken übers Aussteigen machte, fragte er sich, für einen Moment erschrocken, ahnte aber schnell den Bluff: Bär wusste gar nichts, verfügte jedoch über den untrüglichen Instinkt einer Hyäne. Er witterte leichte Beute und sah Paul bereits weit abgeschlagen im Abseits. Von wegen, dachte Paul. Diese Tour würde er Bär kräftig vermasseln! Paul baute sich vor dem breiteren, aber kleineren Kollegen auf. »Hast du nicht verstanden? Das ist mein Auftrag. Ich teile mein Honorar nicht mit Aasgeiern.«

»Wer spricht denn von teilen? Ich will die ganze Kohle. Denn ich mache alle Fotos neu. Viel inspirierter als deine! Damit wird der Kalender zum garantierten Verkaufsschlager!«

Paul verzog das Gesicht. »Ich kann mir gut vorstellen, wie deine Bilder aussehen. Du lässt die Mädchen in knappen weißen Tops durch die Beregnungsanlagen laufen und degradierst die schöne Idee zum Wet-T-Shirt-Contest.«

»Na und? Sex sells!«, wehrte sich Bär. »Das Knoblauchsland quillt über von anregenden Motiven. Nimm eine kräftige Möhre oder eine gut gewachsene Lauchstange, gekonnt arrangiert mit einem Paar üppiger Kürbisse, dazwischen räkeln sich die Mädels, ihre Körper glänzend vom Bad im heimischen Rapsöl ...« Bär plapperte forsch drauflos, wich dabei aber schrittweise zurück und räumte angesichts von Pauls drohenden Blicken das Feld. »Reg dich ab, ich verschwinde ja schon.« Der pummelige Fotograf verstaute seine Kamera in einer abgenutzten Ledertasche und verzog sich hinter das Wasserbecken. Wenig später heulte der Motor eines Motorrads auf.

Die verunsicherte Brünette, die den kurzen Streit der Kontrahenten wortlos verfolgt hatte, knüpfte die oberen Knöpfe ihrer fliederfarbenen Bluse wieder zu und sah Paul eingeschüchtert an. Dieser schluckte den Ärger hinunter und raffte sich zu einem Lächeln auf.

»Nichts für ungut«, sagte er. »Eigentlich bin ich gekommen, um Ihnen abzusagen. Bär lag nicht ganz falsch damit, dass ich das Kalenderprojekt sausen lassen wollte. Aber wenn ich daran denke, dass dann ein anderer die Sache verhunzt, mache ich lieber selbst weiter.«

»Muss ... – äh, soll ich mich denn nun ausziehen oder nicht?«, fragte die junge Frau mit dünner Stimme.

Paul schmunzelte. »Nein. Wenn, dann nur ein ganz kleines bisschen. Aber das hat Zeit. Zunächst erzähle ich Ihnen etwas über meine übliche Arbeitsweise, dann gestalten wir gemeinsam ein geeignetes Motiv.«

Aus der zur Auflockerung vorgesehenen Unterhaltung mit Martina, wie sie hieß, entwickelte sich ein ernsthaftes Gespräch, das sehr bald um Frieda kreiste. Denn natürlich wusste auch Martina vom gewaltsamen Tod des anderen Kalendermodells, das sie noch dazu gut gekannt hatte. Martina redete sehr einfühlsam über ihre tote Freundin, schilderte sie als freundlich und zuverlässig.

»Frieda war eine echte Bruns«, erzählte Martina. »Eine Familie, die schon ewig hier lebt. Alteingesessen sagt man dazu, ja? Sie hat sich manchmal darüber aufgeregt, dass ihr Vater so streng war, aber er musste für sie und ihren Bruder ja allein sorgen. Ihre Mama ist schon vor Jahren gestorben.« Ihre Blicke schweiften in die Ferne, als sie hinzufügte: »Frieda hat das nicht gepasst. Sie wollte ihr eigenes Ding durchziehen und hat ihren

Vater oft vor den Kopf gestoßen. Aber wenn es darauf ankam, stand sie zu ihrer Familie.«

Paul kam eine Frage in den Sinn: »Was glauben Sie: Hätte Frieda für den Kalender Modell gestanden, wenn Axel Bär der Fotograf gewesen wäre?«

Martina überlegte einen Moment. »Schwer zu sagen. Um ihrem Vater mal eins auszuwischen, vielleicht. Anderseits ...«

»Andererseits?«

Ihre Wangen färbten sich rosa, als Martina erklärte: »Das wissen Sie wohl gar nicht? Bär hatte sich schon vor Ihnen für die Kalenderbilder beworben. Er ist aber beim Verband abgeblitzt, und ich habe gehört, dass Frieda eine von denen gewesen ist, die gegen ihn geredet hatten.«

»Wie das?«, wollte Paul wissen.

»So genau kann ich das gar nicht sagen. Ihr haben die Bilder von Bär wohl nicht gepasst.«

»Kannte sie denn welche davon?«, wunderte sich Paul.

»Ich weiß nicht. Vielleicht von seiner Website. Ich habe jedenfalls mal mitbekommen, wie sie gesagt hat, dass Bär einen schlechten Ruf hat und ihr Freund auch ganz und gar gegen ihn wäre.«

»Frieda hatte einen Freund?«, frage Paul interessiert.

Martina wich aus. »Ja, aber erst seit Kurzem. Ich kenne den Typ nicht, aber er soll ziemlich krasse Ansichten haben. Wie sagt ihr dazu? Konservativ, ja?«

»Können Sie etwas konkreter werden?«

»Nee, keine Ahnung, alles nur Gerede, so dicke war ich mit Frieda ja auch nicht.«

»Wie heißt denn dieser Freund? Ist es auch einer aus der Landjugend?«

Martina lachte und wirkte das erste Mal während ihrer Unterhaltung gelöst. »Landjugend? Was für ein Wort? Das Knoblauchsland liegt doch mitten in der Stadt! Aber egal. Ich kenne Friedas Freund nicht. Das war keiner von den Üblichen. Sie hat ein großes Geheimnis um ihn gemacht. Wahrscheinlich ist er schon älter. Vielleicht verheiratet.«

»So, meinen Sie?« Paul war hellhörig geworden und nahm sich vor, die neue Erkenntnis unverzüglich an Katinka weiterzugeben.

»Vielleicht hielt sie auch nur mit seinem Namen hinterm Berg, damit ihr Vater keinen Krach schlug. Denn der hat anderes im Kopf, steht ziemlich unter Druck. Deuerlein rückt ihm mit seinen Gewächshäusern auf die Pelle. Tja, Bruns hat wohl ziemlich zu kämpfen mit seinem Betrieb, weil er nicht modernisiert. Aber keine Ahnung, ich kenne mich damit ja nicht so gut aus.«

»Deuerlein?«, fragte Paul. »Wer ist denn das nun wieder?«

»Gustav Deuerlein. Das ist der mit der meisten Kohle von uns allen. Tomaten und Paprika im großen Stil. Der macht es richtig, hat es bei den Holländern abgeguckt.«

»Ein moderner Tomatenbauer also, während Friedas Vater mehr zu den traditionellen Landwirten zählt. Ist es das, was Sie meinen?«

»Ja, so kann man das wohl sagen. Jedenfalls ist Deuerlein die große Nummer hier, und Bruns kann kaum noch mithalten. Deswegen gab es auch bei Frieda zu Hause in letzter Zeit oft dicke Luft. Da trieb sie sich lieber anderswo herum. Ist ja auch verständlich, irgendwie. Ich hätte auch keinen Bock auf Dauerstress daheim.«

Paul schwirrte der Kopf von diesen zahlreichen, aber leider recht zusammenhangslosen Informationsbrocken. Daher fokussierte er seine Eindrücke vorerst auf die eine Erkenntnis: dass Frieda einen Freund gehabt hatte, dessen Identität aus unbekannten Gründen geheim gehalten worden war.

5

Zu Hause, in seiner Atelierwohnung am Weinmarkt, musste Paul feststellen, dass in seinem Kühlschrank gähnende Leere herrschte. Dabei plagte ihn gerade jetzt ein Bärenhunger. Also zog er seine Schuhe gleich wieder an, um hinüber auf den Hauptmarkt zu gehen und einzukaufen.

Das Klingeln des Telefons bremste ihn aus, als er die Türklinke schon in der Hand hielt. Abrupt machte er kehrt und rannte zur Fensterbank, wo das Handteil meistens lag.

»Ja, bitte?«, rief er kurzatmig in den Apparat.

»Hast du die Kalendersache abgesagt?«

Obwohl sie ihren Namen nicht genannt hatte, wusste Paul auch so, mit wem er sprach: »Nicht ganz«, sagte er.

»Was denn nun? Ja oder nein?«

»Rufst du vom Gericht aus an, Katinka?«

»Weich nicht aus, Paul. Du wolltest den Auftrag doch zurückgeben. Warum hast du dich anders entschieden?«

»Glaub mir, Kati, ich war dort, um den Job zu kündigen. Aber dann tauchte dieser unsägliche Axel Bär auf. Du weißt: dieser schmierige Arsch- und Tittenfotograf.«

»Paul!«

»Ist doch wahr! Der Kerl schadet dem gesamten Berufsstand. Ich konnte es nicht verantworten, dass er den Knoblauchslandkalender für seine Zwecke missbraucht.«

»Mm.« Katinka schwieg und hatte wohl ein Einsehen. »Dann tu mir wenigstens den Gefallen, dich aus den Ermittlungen um Friedas Tod herauszuhalten. Mach meinetwegen deine Kalenderbilder, aber spiel dich nicht zum Ermittler auf und vor allem: Quetsch die Leute dort nicht aus!«

Paul versprach es halbherzig und erkundigte sich, ob es denn schon neue Erkenntnisse gebe. Katinka verneinte. Die Polizei ermittle derzeit in alle Richtungen. Weder sei der genaue Tathergang bekannt noch lägen konkrete Hinweise auf den Täter vor.

»Deshalb ist es so wichtig, dass du und diese Mandy noch einmal in euch geht und darüber nachdenkt, ob ihr nicht doch jemanden oder etwas Verdächtiges gesehen habt, als ihr am Tatort wart«, appellierte Katinka an Pauls Erinnerungsvermögen.

»Nein, leider nichts«, meinte Paul und fragte: »Wer sollte einen Grund dafür haben, eine Schülerin zu töten? Ob es nicht doch ein Sexualdelikt war …?«

»Schnelleisen meint, nein. Es gibt nichts, das darauf hinweist.«

Paul schloss die Augen und vergegenwärtigte sich das Bild der Toten am Rand des Sonnenblumenfelds: Sie lag auf dem Acker, als würde sie schlafen. Die Glieder willkürlich von sich gestreckt. Der Kopf, mit dem sie auf einem im Acker verborgenen Felsbrocken aufgeschlagen war, leicht zur Seite geneigt, das lange Haar in alle Richtungen gefallen. Frieda war vollständig bekleidet, bis auf den linken Slipper, den sie offenbar bei ihrem Sturz verloren hatte und der wenige Zentimeter neben ihrem Fuß gelegen hatte. Paul versuchte, seine Erinnerungen auf ihr Gesicht zu bündeln: ein hübsches Mädchengesicht mit glatter Haut, schmaler Nase, geschwungenen Brauen. Er wollte sich noch einmal den leicht überraschten, jedoch nicht angstvollen Ausdruck vergegenwärtigen, der sich im Moment des Todes auf ihr Antlitz gelegt haben musste.

»Möglicherweise handelt es sich doch um ein Sexualverbrechen«, wiederholte Paul seinen Anfangsverdacht, als er die Augen wieder öffnete. »Vielleicht ist der Täter ganz einfach nicht zum Zug gekommen.«

»Du meinst, er hat das Mädchen überfallen, wollte es ins Blumenfeld stoßen, um sich dort an ihr zu vergehen ...«

»... und tötete sie dabei versehentlich. Von dem Stein konnte er ja nichts ahnen. Dann packte ihn natürlich die nackte Panik und er flüchtete«, trug Paul seine Theorie vor.

Katinka äußerte sich nicht weiter dazu, woraufhin Paul ihr von Friedas Freund berichtete, dem großen Unbekannten. Auch das nahm Katinka kommentarlos zur Kenntnis, und Paul musste regelrecht bohren, um ihr wenigstens noch ein paar Interna zu entlocken.

So erfuhr er, dass die Spurensicherung zwar keine verwertbaren Fingerabdrücke gefunden hatte, aber diverse Fasern und sogar ein einzelnes Fremdhaar. Eine der Fasersorten ließ sich auf strapazierfähige Handschuhe zurückführen, so wie sie bei der Gartenarbeit benutzt wurden. Auch Abdrücke von Fahrradreifen konnten in unmittelbarer Nähe des Tatorts gesichert werden. Das Reifenprofil deutete auf ein Treckingrad hin.

»Ihr sucht also einen radfahrenden Sextäter mit Gartenhandschuhen«, resümierte Paul.

Katinka lachte. »Eine sehr gewagte Zusammenfassung. Gut, dass du nicht bei der Polizei arbeitest!«

Als Paul mit zwei vollen Einkaufstüten vom Markt zurückkam, lief er vor der Sebalduskirche seinem Freund Pfarrer Fink über den Weg. Paul stellte die Taschen auf das Kopfsteinpflaster und richtete sich auf einen längeren Plausch ein.

»Wie geht es dir?«, fragte er den kräftig gebauten Geistlichen mit dem schwarzgrauen, zum Pferdeschwanz gebundenen Haar. Dann sah er genauer hin und stellte überrascht fest: »Du hast ihn abgenommen!«

»Ja«, sagte Fink mit seiner lauten Stimme, die ihm auf der Kanzel das Mikrofon ersparte. »Der Schnauzer hat mich schon länger gestört. Vor allem beim Essen und Biertrinken, wenn sich der Schaum darin sammelte.«

Die beiden plauderten über das schöne Wetter, die neue kubanische Cocktailbar am Weinmarkt, die sie endlich einmal zusammen ausprobieren wollten, kamen dann auf Pauls Umzugspläne zu sprechen und am Ende unweigerlich auf die Tote im Knoblauchsland.

»Ich werde sie beerdigen«, berichtete Fink. »Die Familie hat mich darum gebeten, die Trauerrede zu halten, denn ihr alter Familienpfarrer ist im Ruhestand und hat mich als Ersatz empfohlen, wenn man das so sagen kann.« Fink erwähnte, dass er zur Vorbereitung der Trauerrede bereits für ein erstes kurzes Gespräch auf den Bruns'schen Hof gefahren war. »Solche Besuche sind nie angenehm, aber es ist ja Bestandteil meines Berufes, Trost zu spenden und den Menschen beizustehen, wenn sie mit dem Schicksal hadern.« Er kniff die Augen zusammen und blinzelte in die Sonne. »Aber diesmal hatte ich ein besonders ungutes Gefühl bei der Sache.«

Paul wurde sofort hellhörig und fragte: »Wie meinst du das? Was hat dich stutzig gemacht?«

»Stutzig gemacht – das ist nicht der richtige Ausdruck. Ich bin einfach das Gefühl nicht losgeworden, dass bei Wilhelm Bruns und seinem Sohn Tobias nicht nur Trauer und Wut im Spiel sind. Ich hatte den Eindruck, dass noch ganz andere Emotionen mitmischen.«

»Was für welche denn? Und wie hat sich das geäußert?«, wollte Paul wissen.

»Tobias – er ist 21, studiert in Erlangen, wohnt aber zu Hause – hat sich mir gegenüber überaus verschlossen gegeben, beinahe störrisch. Auch sein Vater war zurückhaltend, abwartend und distanziert, ja, er wirkte auf mich beinahe misstrauisch. Ich musste die ganze Zeit über denken, dass die beiden etwas vor mir verheimlichen wollten.«

»Meinst du etwa, Bruns hat etwas mit dem Tod der eigenen Tochter zu tun?«, fragte Paul befremdet und verwarf diesen sehr radikalen Gedanken sogleich wieder.

Auch Fink schüttelte bedächtig den Kopf. »Nein, aber er und sein Sohn ahnen oder wissen etwas, das sie unter keinen Umständen preisgeben wollen.« Er sah Paul aus seinen großen, braunen Augen ernst an. »Bruns fürchtet sich vor etwas oder jemandem. Seine Angst ist größer als seine Trauer.«

Das waren starke Worte, die Paul gern untermauert haben wollte. Aber dafür benötigte er Fakten. »Woran machst du diese Vermutung fest, außer an deinem Gefühl?«

Der Pfarrer trat näher an ihn heran und sagte leise: »Beim Gehen habe ich noch den Anfang eines Gesprächs zwischen Vater und Sohn mitbekommen. Es begann mit einer Streitfrage: Wilhelm Bruns möchte, dass Tobias sein Studium in Erlangen beendet und es in einer anderen Stadt fortsetzt. Möglichst weit weg von Nürnberg.«

Paul begriff. »Daraus schließt du, dass er sich Sorgen um den Sohn macht?«

»Ja.« Fink nickte nachdrücklich. »Er will ihn fortschicken. Der einzige triftige Grund, der mir dafür einfällt, ist, ihn zu schützen. Andernfalls müsste er nach dem Verlust der Tochter doch genau entgegengesetzt handeln und den Sohn noch fester an sich binden als bisher.«

Paul ließ die Worte auf sich wirken und meinte: »Das hört sich dramatisch an. Solltest du das nicht der Polizei sagen?«

Fink lehnte den Vorschlag ab. Denn erstens würde das seine seelsorgerischen Grundsätze verletzen, die er für seinen Freund Paul ohnehin viel zu oft breche, und zweitens müsste jeder halbwegs begabte Kriminalbeamte nach einem Gespräch mit den Hinterbliebenen die gleichen Rückschlüsse ziehen wie er.

Paul dachte an Kommissar Schnelleisen und hatte da seine Zweifel. Deshalb würde er sich das Recht herausnehmen, Finks im Vertrauen gesprochene Worte an Katinka weiterzugeben. Selbstverständlich ohne Quellenangabe.

Er hatte sich schon verabschiedet und seine Tüten aufgehoben, als ihm noch etwas einfiel: »Sag mal, Hannes: Hat Bruns bei eurem Gespräch den Freund seiner Tochter erwähnt?«

Fink hob die Brauen. »Einen Freund? Nein, es war nicht die Rede von einem Freund. Soll Frieda denn einen gehabt haben?«

»Ja, aber die Angelegenheit ist etwas rätselhaft. Offenbar handelte es sich um eine heimliche Liebe, denn ihre

Freundinnen haben ihn wohl bislang auch noch nicht zu Gesicht bekommen.«

»Ein seltsamer Fall«, meinte Fink grüblerisch. »Ich bin mehr als gespannt darauf, was am Ende dabei herauskommt.«

6

Das Setting für das nächste Fotomotiv hatte sich Paul phantasievoll ausgemalt: Da es nach dem Wunsch seiner Auftraggeber in einem Kopfsalatfeld aufgenommen werden sollte und Paul dies etwas zu trist erschien, hatte er sein heutiges Modell gebeten, sich besonders farbenfroh zu kleiden. Außerdem hatte er eine Leiter aufs Dach seines Renault geschnallt, damit er die Perspektive verändern und die hübsche Bauerntochter von oben ablichten konnte, mit der weiten Fläche des Feldes im Hintergrund.

Doch als er über einen schlaglochreichen Feldweg auf den verabredeten Treffpunkt zufuhr, sah er schon von Weitem, dass er so schnell nicht dazu kommen würde, seine Ideen umzusetzen. Anstelle der erwarteten ländlichen Idylle und Einsamkeit empfing ihn eine Menschenmenge, darunter zahlreiche Presse-, Rundfunk- und sogar Fernsehjournalisten.

»Was ist denn hier los?«, fragte Paul, nachdem er seinen Wagen am Wegesrand abgestellt und Reporter Victor Blohfeld im Publikum entdeckt hatte. »Wollt ihr etwa alle über den Knoblauchslandkalender berichten?«, wunderte er sich über die verfrühte Publicity.

»Kalender?« Der dürre Boulevardreporter warf ihm einen irritierten Blick zu. Dann deutete er auf einen großgewachsenen Mann mit männlich markanten Gesichtszügen, in blauem Businessanzug, tadellos gebügeltem weißen Hemd und akkurat gebundener Krawatte. »Wegen dem sind wir hier«, meinte Blohfeld in leicht abfälligem Ton und fügte hinzu: »Der Herr Staatssekretär ruft, und die Presse hat anzutanzen.«

Paul erkannte in dem Krawattenträger Martin Rode, den jung-dynamischen Vertreter des bayerischen Umweltministeriums. Seine medienwirksamen Auftritte in und um Nürnberg waren keine Seltenheit, was sich wohl damit erklären ließ, dass hier Rodes Wahlkreis lag. Wie sich herausstellte, hatte der selbstbewusste Politaufsteiger, der seinen Dialekt bei Bedarf ohne Weiteres vom authentischen Fränkisch in ein originalgetreues Oberbayerisch umstellen konnte und in Berlin sogar hochdeutsch parlierte, einen Pressetermin ausgerechnet dort anberaumt, wo Paul in Ruhe arbeiten wollte. Hätte sich der Politiker nicht ein anderes Feld aussuchen können, seinetwegen eines mit Karotten, Kartoffeln oder Brokkoli? Musste es ausgerechnet Pauls Salatfeld sein? Nun – ärgerlich, aber nicht zu ändern.

»Um was geht es denn?«, erkundigte sich Paul.

Blohfeld klärte ihn auf: »Unser schwarzer Sonnyboy ist neuerdings – ganz im Sinne seines Chefs, des Ministers – auf dem Ökotrip und will den Grünen Wählerstimmen wegschnappen.«

»Ja, das habe ich mitbekommen«, meinte Paul. »Den Atomausstieg hat sich sein Ressort ja auch auf die Fahnen geschrieben.«

»Korrekt. Und jetzt will er die Heimat retten, indem er das Knoblauchsland zur Ökozone erklärt.«

»Wie stellt er sich das vor?«, fragte Paul.

Die Antwort lieferte der Staatssekretär selbst, der sich Pauls Fotomodell als dekoratives Beiwerk geschnappt hatte und nun vor dem Salatfeld zu seiner Rede ansetzte: »Unser schönes Knoblauchsland, dessen Name sich bekanntlich von den traditionellen Zwiebelzuchten herleitet und das auf eine mehr als vierhundertjährige Geschichte zurückblickt, ist eines der größten zusammenhängenden Anbaugebiete seiner Art. Es umfasst zahlreiche Nürnberger Ortschaften wie Almoshof, Boxdorf, Buch und Großgründlach und reicht bis hinein ins Fürther Stadtgebiet ...«

Paul gähnte ausgiebig, denn Rode langweilte ihn mit Altbekanntem. Das ging eine ganze Weile so weiter, und Paul ließ den größten Teil des Politikergeschwafels an sich abprallen. Nur ab und zu hörte er hin.

»... Es ist weit über die Region hinaus bekannt für sein qualitativ hochwertiges Freilandgemüse. Kartoffeln, Kohl, Lauch, Rettich und Spinat sind unübertroffen im Geschmack, ebenso wie Zucchini, Auberginen und Tomaten mit hohem Vitamingehalt. Unser Knoblauchsländer Spargel ist legendär. Sogar Tabak gedeiht im Städtedreieck zwischen Nürnberg, Fürth und Erlangen.« Rode legte eine rhetorische Pause ein und senkte den Ton, als er fortfuhr: »Aber, meine Damen und Herren, unsere wichtigste Ernährungsquelle, die wir Nürnberger auch als Naherholungsgebiet lieben, ist in ihrem Bestand hochgradig gefährdet!«

Jetzt wurde es endlich interessant, fand Paul und verfolgte den Rest der Rede mit größerer Aufmerksamkeit:

»Ja, ich sage: gefährdet! Zum einen durch Fehler der Vergangenheit, denn seit den 1970er Jahren schreitet auf Kosten der landwirtschaftlichen Flächen die Zersiedlung voran, gleiches gilt für die Ausweisung von Gewerbeflächen. Die momentan größte Gefahr aber sehe ich in einer neuen Form des industriellen Gemüseanbaus, der mit den traditionellen Werten des Knoblauchslands rein gar nichts mehr gemein hat: Ich spreche von flächenfressenden XXL-Gewächshäusern, in denen Gemüsemassenwaren auf naturferner Hydrokulturbasis erzeugt werden. Der Gigantismus kennt keine Grenzen, wenn einige wenige profitorientierte Großbauern die über Jahrhunderte gewachsene, kleingliedrige bäuerliche Kulturlandschaft durch ihre Glaspaläste unwiederbringlich zerstören.«

Oha, dachte Paul. Der traute sich was! Er war gespannt auf den Rest der Rede:

»In ihren energiefressenden Gemüsezuchtanstalten produzieren diese Agrardespoten ganzjährig und wetterunabhängig Einheitsware für den Discountmarkt. Quantität geht vor Qualität, das schnelle Geld obsiegt über Nachhaltigkeit. Zu leiden haben darunter qualitätsbewusste Verbraucher, aber auch die verbleibenden konventionellen Ackerbauern, die mit den hochtechnisierten Erzeugermethoden nicht mithalten können und gezwungen sind …«

Weiter kam Rode nicht, denn eine Tomate klatschte an seine Brust und hinterließ einen großen Fleck.

Ein Raunen ging durch die Menge. Im nächsten Moment sprang ein Mann mit der Statur eines Kleiderschranks vor und stellte sich breitbeinig vor den Staatssekretär. Ein weiterer Mann, der der Zwillingsbruder des ersten Bodyguards hätte sein können, bahnte sich eine Schneise durch die Reporter und stieß zielsicher auf den Tomatenschützen zu, einen leicht untersetzten Mittfünfziger in moosgrünem Trachtenjanker. Er führte den Provokateur jedoch nicht ab, sondern verhinderte durch seine Aufstellung nur, dass er weiter mit Gemüse warf.

Pauls Blicke wanderten zwischen dem Staatssekretär,

der mit einem Stofftaschentuch an seinem Hemd herumtupfte, und dem Tomatenattentäter hin und her. Während er auf eine Reaktion Rodes wartete, fiel ihm auf, dass der Jankerträger ganz und gar nicht wie ein Aufrührer aussah, sondern zu 100 Prozent Pauls Vorstellung vom prototypischen CSU-Wähler entsprach.

Damit lag Paul nicht falsch, wie sich bald herausstellte, nachdem Rode seinen sinnlosen Reinigungsversuch aufgegeben hatte und nun selbst auf den Gemüsewerfer zuging. Mit jedem Schritt verlor Rodes Gesichtsausdruck an Schärfe und wandelte sich zu reiner Milde. Umschwärmt von Fotoapparaten und Fernsehkameras streckte der Politiker seine rechte Hand aus, als er seinem Angreifer gegenüberstand, und sagte: »Verehrter, lieber Herr Deuerlein. Wenn Sie möchten, dass ich Ihre neue Ernte probiere, servieren Sie sie mir bitte auf einem Teller, anstatt sie mir entgegenzuschleudern.«

Rode hatte die Lacher auf seiner Seite, woraufhin sich die angespannte Atmosphäre spürbar lockerte. Doch der Angesprochene nahm den versöhnlichen Handschlag nicht an, sondern stemmte provokativ die Fäuste in die Hüften: »Ich bin Parteimitglied seit 32 Jahren«, sagte Deuerlein und klang aufgebracht. »Ich habe Franz-Josef verehrt und die Politik im Freistaat immer unterstützt.« Seine Wangen leuchteten rosa, als er schnaubend fortfuhr: »Aber was Sie für einen Bockmist verzapfen, das geht auf keine Kuhhaut! Sie ziehen das Ansehen der CSU in den Schmutz, Herr Rode, indem Sie denen nach dem Mund reden, die unsere Ideale mit Füßen treten. Sie betreiben einen unverantwortlichen Ausverkauf unserer uralten Prinzipien und Werte!«

Rode lächelte jovial. »Machen Sie es mir zum Vorwurf, dass ich unser schönes Frankenland schützen und erhalten möchte? Dass ich dafür eintrete, unseren Kindern eine vitaminreiche und ausgewogene Ernährung zu garantieren? Sind das etwa keine Werte, für die unsere Christlich-Soziale Union einstehen sollte?«

Deuerlein sah den Politiker, der ihn um Haupteslänge überragte, fassungslos an. »Natürlich nicht! Ich werfe Ihnen vor, dass Sie Front gegen treue alte Parteifreunde wie mich machen, nur um sich einzuschmeicheln bei diesem ... bei diesem grünen Gesocks!«

Ein einzelnes »Buh!« ertönte aus der Menge der Umstehenden, die anderen verharrten in stiller Neugierde. Rode griff die Reaktion des Buh-Rufers auf und sagte noch immer sehr gefasst: »Herr Deuerlein, für alle, die die Hintergründe nicht kennen – und das werden die meisten hier sein – sollten wir kurz die Fakten benennen: Sie sind ein erfolgreicher Landwirt und eine bekannte Größe in der Region. Was Ihre Familie hier geleistet hat, kann gar nicht hoch genug geschätzt werden. Nun aber sind Sie dabei, das Knoblauchsland in ein zweites Holland zu verwandeln. Sie überziehen Acker um Acker mit Gewächshäusern, die in ihren Dimensionen alles je Dagewesene in den Schatten stellen. Das, mein Lieber, ist bei allem Verständnis für wirtschaftliches Denken, Eifer und kaufmännischem Sinn nicht tolerierbar.«

»Würden die Grünen nicht so viele Wählerstimmen einheimsen, hätten Sie mir längst den bayerischen Innovationspreis verliehen!«, begehrte Deuerlein erneut auf. »Aber jetzt bin ich der Buhmann. Sie wollen mich opfern, um selbst besser dazustehen.«

Rode hielt an seinem Lächeln fest. »Diese Diskussion verliert an Sachlichkeit. Ich schlage vor, dass wir unser Gespräch fortsetzen, wenn die Gemüter weniger erhitzt sind.« Damit wandte sich der Staatssekretär ab, suchte und fand Pauls Kalendermodell wieder und ließ weitere Pressefotos von sich an der Seite der Bauerntochter machen, wobei sein sorgsam geschlossenes Jackett den Tomatenfleck verdeckte.

Paul musste Rode – auch wenn er ihn nicht besonders mochte – im Stillen zu seiner Professionalität gratulieren. Denn Rode hatte im Disput mit dem Gewächshausbauern argumentativ eindeutig die Nase vorn gehabt und durch die Lässigkeit seines Auftretens Pluspunkte bei den Journalisten gesammelt. Deuerlein hingegen stand nun als cholerischer Altparteigänger und unverbesserlicher Strauß-Sympathisant da, der die Zeichen der Zeit nicht erkannt hatte.

Gerade das machte Paul auch neugierig und verdiente, wie er fand, genauere Betrachtung. Während die anderen sich einzig und allein auf den Staatssekretär konzentrierten, ging Paul auf den nun abseits stehenden Deuerlein zu.

»Schwer, gegen die Polit-Profis anzukommen, was?«, versuchte er einen Gesprächseinstieg.

Deuerlein sah ihn scheel an. »Wer sind Sie? Journalist? *NN* oder *NZ*?«

Paul, der wusste, dass die *Nürnberger Zeitung* im Gegensatz zu den *Nürnberger Nachrichten* als eher konservativ galt, war versucht, eine Lüge anzubringen und sich als *NZ*-Reporter auszugeben, blieb aber bei der Wahrheit: »Weder noch. Ich bin einfach nur neugierig. Warum sind Sie denn so sauer auf den Staatssekretär?«

Deuerlein, der von Nahem älter und verbrauchter aussah, als Paul angenommen hatte, strich sich mit der rechten Hand sein lichtes Haar glatt. Er musterte Paul aufmerksam, bevor er antwortete: »Eigentlich bin ich das Musterbeispiel des innovativen Mittelständlers, ein Vorzeigeunternehmer von fränkisch-bayerischem Schlag«, sagte er dann mit kaum unterdrücktem Stolz. »In seinen frühen Jahren hat sich Rode mit Leuten wie mir geschmückt, doch seit er auf der Ökowelle schwimmt, ist plötzlich alles anders. Der lässt mich links liegen, redet mein Geschäft schlecht und schließt mich aus dem politischen Leben aus. Selbst für den CSU-Stammtisch auf der Ziegelsteiner Kärwa bekomme ich keine Einladung mehr – da steckt Rode dahinter, jede Wette!«

Paul betrachtete die in der Sonne glänzende Front der Gewächshäuser, die sich dem Ackerland anschloss, und merkte an: »Na ja, wenn ich Rode richtig verstanden habe, geht es ihm um einen umweltverträglichen Gemüseanbau, was ja an sich kein schlechter Ansatz ist.«

»Ha!«, lachte Deuerlein auf. »Was glauben Sie denn, was ich in meinen Treibhäusern veranstalte? Denken Sie, ich spritze dort mit Pestiziden nur so um mich? Rode will, dass die Leute so denken. Mit der Wahrheit hat das nichts zu tun. Meine Erzeugnisse sind so gesund wie die herkömmlich produzierten – mindestens!«

Paul neigte den Kopf. »Ich kenne mich damit nicht aus und kann mir kein Urteil erlauben.«

»Dann machen Sie sich schlau und schauen sich bei mir um!« Deuerlein zeigte auf die Kamera, die Paul umhängen hatte. »Sie sind Fotograf. Machen Sie mir einen Katalog, oder wie das neudeutsch heißt: ein Imageprospekt. Den werde ich verteilen, damit die Leute wissen, was wirklich in meinen Treibhäusern passiert. Sie können überall fotografieren, denn ich habe keine Geheimnisse – im Gegensatz zu manch einem anderen ...«

»Auf wen spielen Sie an?«, fragte Paul. »Auf Martin Rode?«

Deuerlein zuckte mit den Schultern. »Anders als er halte ich nichts von übler Nachrede. Aber wenn ich dazu gezwungen bin, kann ich einige sehr unschöne Geschichten über diesen Herrn erzählen.«

Paul hätte nur allzu gern mehr gehört, doch Deuerlein war klug genug, sein Wissen für sich zu behalten. Wenn, dann würde er es nur dosiert und für einen wichtigen Zweck preisgeben. Die Bauernschläue stand ihm ins Gesicht geschrieben. »Also – sind Sie dabei? Darf ich Sie für eine Fotoserie bei mir einladen?«

Paul rechnete sich ein gutes Geschäft aus, willigte ein und verabschiedete sich, um nun endlich seine aktuelle Aufgabe anzugehen. Die Journalisten hatten sich inzwischen in alle Richtungen verstreut, auch der Staatssekretär samt Begleitern brauste im dunkelblauen Audi davon. Doch mit seinem Modell brauchte Paul heute nicht mehr zu rechnen. Sie schwebte auf Wolke sieben, weil sie von Rode zum Shootingstar des Presseevents erkoren worden war, und konnte sich nicht mehr zu Pauls profaner Kalenderkunst herablassen.

»Nein«, sagte die zierliche Grazie und rümpfte das Näschen. »In ein Salatfeld stelle ich mich heute ganz bestimmt nicht mehr.«

Halbherzig versuchte Paul sie zu überzeugen. Doch die Kleine war viel zu sehr vom Presserummel und den unerwarteten politischen Ehren aufgeputscht, als dass noch an eine vernünftige und konzentrierte Fotoarbeit zu denken war. Weil er wohl recht niedergeschlagen dreinschaute, tätschelte das Mädchen seinen Arm und drückte ihm als Wiedergutmachung einen Zettel in die Hand.

»Das ist eine Einladung«, erklärte sie. »Damit kommst du umsonst auf unsere Party.«

»Party?«, fragte Paul ebenso lust- wie verständnislos.

»Die Knoblauchsländer Jugend feiert. Da geht was ab! Mit der Einladung hast du einen Drink frei.«

Als sie mit wiegenden Hüften entschwand, blieb Paul etwas verdattert zurück und sah ihr nach. Ein laues Lüftchen formierte auf dem trockenen Feldweg kleine Staubwirbel und spielte um die Salatköpfe. Der Wind verschaffte auch ein paar Blättern Papier Auftrieb und ließ sie durch die Gegend flattern. Paul reagierte geistesgegenwärtig genug, um sich eines davon zu schnappen. Wie er feststellte, handelte es sich um eine Seite aus dem Redemanuskript des Staatssekretärs, das sich in der allgemeinen Verwirrung nach dem Tomatenzwischenfall wohl selbstständig gemacht hatte.

Paul überflog den Text, der mit handschriftlichen Vermerken – wohl von Rode – ergänzt und an einigen Stellen zusammengestrichen worden war. Hier war der Teil der Politikerrede, dem er vorhin nur unkonzentriert gelauscht hatte. Bei näherer Betrachtung eigentlich doch nicht so uninteressant. Paul las, dass das Knoblauchsland eine längere Geschichte vorweisen konnte, als er vermutet hätte: Die systematische Erschließung durch großflächige Rodungen hatte bereits im achten Jahrhundert auf Betreiben der umliegenden Siedlungen Nürnberg, Fürth und Aurach begonnen. Immer neue

Ackerflächen kamen in den folgenden Jahrhunderten hinzu, parallel dazu wuchsen die vielen kleinen Dörfer und Stadtteile heran, die noch heute charakteristisch für das Knoblauchsland waren. Das Agrarland diente mehreren Herren und ernährte die Bevölkerung weiter Landstriche, was zwangsläufig zu Konflikten führte: 1449 brach der erste Markgrafenkrieg aus. Ortschaften wie Almoshof, Höfles, Lohe und Wetzendorf wurden weitgehend zerstört. Tod und Zerstörung brachte auch der zweite Markgrafenkrieg zwischen 1552 und 1553. Ab 1796 hatten die Preußen das Sagen im Knoblauchsland, bevor die Verwaltung 1806 an das Königreich Bayern fiel. Im Zweiten Weltkrieg wurde das Knoblauchsland ab 1941 von mehreren großen Bombenwellen in Mitleidenschaft gezogen, doch schon in der nächsten Saison musste es wieder die ausgehungerte städtische Bevölkerung ernähren. Dramatische Veränderungen brachte 1972 die Gebietsreform mit sich, durch die die bis dato eigenständigen Dörfer und Gemeinden den umliegenden Städten Nürnberg, Erlangen und Fürth zugeschlagen wurden.

Paul hätte die Historie gern bis in die Ist-Zeit weitergelesen, doch der Text auf dem beidseitig bedruckten Papierbogen endete genau im Jahr 1972. Schade. Fast hätte er das Interesse an seinem Fund verloren, als er auf eine Zahlenreihe aufmerksam wurde, die ganz an den unteren Rand des Blatts gekritzelt worden war. Der Handschrift und Farbe des Stifts nach zu urteilen, stammte sie wohl ebenfalls von Rode selbst.

Aus der Zahlenfolge »0171« schloss Paul, dass es sich um eine Handynummer handelte. Dahinter stand – Paul sah zweimal hin, um sicher zu sein, dass er sich nicht täuschte – ein Name: Frieda. Paul war wie vom Donner gerührt.

Zufall? Ungläubig sah Paul von dem Zettel auf und blinzelte gegen die Sonne. Auf Anhieb konnte er sich keinen rechten Reim auf seine Entdeckung machen, und viel war es ja auch nicht, was er in den Händen hielt: bloß eine Nummer und ein Name, den es gewiss nicht nur einmal gab.

Er stellte die naheliegende Überlegung an, ob es sich bei dieser Frieda um Rodes Frau handeln könnte, doch dann erinnerte er sich an ein Zeitungsfoto, das sie neben ihrem Mann zeigte, und dass die Bildunterschrift sie als Sabine oder Sabrina oder so ähnlich ausgewiesen hatte, jedenfalls war es irgendein Name mit »S« gewesen.

Paul grübelte weiter und konnte den Gedanken einfach nicht mehr verscheuchen, dass die Frieda von diesem Zettelrand vielleicht eben jene aus dem Sonnenblumenfeld sein könnte. Er konnte der Versuchung nicht widerstehen, zog sein Handy aus der Hosentasche und gab die notierte Handynummer ein.

Das Freizeichen ertönte dreimal, dann meldete sich eine Automatenstimme, die mitteilte, dass der Teilnehmer derzeit nicht erreichbar sei und man eine Nachricht auf der Mailbox hinterlassen könne. Darauf verzichtete Paul, faltete den Papierbogen zusammen und verstaute ihn in seinem Portemonnaie.

7

Der nächste Morgen begann für Paul mit einem Donnerschlag.

Das Telefon riss ihn aus dem Schlaf. Er reckte sich, blinzelte durch das ovale Oberlicht seiner Wohnung in einen blassblauen Himmel, der Tag begrüßte ihn noch taufrisch mit unschuldig zartem Licht. Paul tastete verschlafen nach dem Hörer und hielt ihn gleich wieder auf Abstand, so laut schrie Katinka hinein:

»Das geht ja gar nicht! Das ist das Allerletzte! Ein glatter Scheidungsgrund – und das schon nach drei Monaten Ehe!«

Paul rieb sich die Augen und brachte seinen Denkapparat auf Touren. Was nichts half, denn er hatte einfach keinen blassen Schimmer, was Katinka meinte. »Beruhige dich erst mal«, schlug er sanft vor.

Aber Katinka hatte absolut nicht vor, diesem Ratschlag zu folgen: »Jetzt hast du mein Vertrauen ein für allemal verspielt! Mein Job und alles, was damit zu tun hat, ist ab sofort tabu für dich!«, wetterte sie weiter.

Paul konnte trotz des anhaltenden Frontalangriffs auf ihn zumindest ein klein wenig aufatmen, wusste er nun immerhin, dass es nichts Privates war, was seine Frau so auf die Palme brachte. »Wenn du auf meine Aktivitäten im Knoblauchsland anspielst …«, suchte er nach einem Ansatzpunkt.

Katinka unterbrach ihn scharf: »Hast du die aktuelle Ausgabe der Zeitung etwa noch nicht gesehen?«

»Welche Zeitung?« Paul tappte immer noch im Dunkeln.

»Na, *die* Zeitung!«

»Nein, ich stehe gerade erst auf und war noch nicht beim Bäcker, um mir eine zu holen.«

»Schön, dann lass dir vorlesen, was dieses Schmierblatt heute als Schlagzeile auf der ersten Seite bringt!« Katinka holte tief Luft, bevor sie zu zitieren begann: »Nach dem Tod von Gemüse-Mädchen Frieda: Brutaler Sex-Täter weiter auf freiem Fuß!«

»Was?«, fragte Paul. »Wie kommen die auf Sextäter?«

»Es wird noch besser«, kündigte Katinka an und las weiter: »Nach dem gewaltsamen Tod der lebenslustigen, hübschen Schülerin Frieda B. (19) ist die Polizei inzwischen auf erste vielversprechende Spuren gestoßen: Wie aus gut informierten Kreisen bekannt wurde, fanden sich am Tatort Textilfasern sowie Abdrücke von Fahrradreifen. Stammen diese Spuren von dem heimtückischen Sextäter, der Frieda auf einem Feldweg abgepasst und sie in ein Feld gestoßen hat? Die Ermittler gehen davon aus, dass der Unbekannte während seiner Tat gestört wurde und geflüchtet ist. Es ist damit zu rechnen, dass der Mann nach weiteren Opfern Ausschau hält.«

»Das gibt es doch nicht!«, platzte es aus Paul heraus. »Was für ein Unsinn!«

»Ja«, sagte Katinka mit eiskalter Stimme. »Dieser Unsinn entspricht aber zufälligerweise fast wörtlich unserem letzten, *vertraulichen* Gespräch über diese Angelegenheit. Da der Autor dieses Pamphlets niemand anderes als Victor Blohfeld ist, liegt der Verdacht nahe, dass du deinem Kumpel alles brühwarm weitergeben hast.«

»Ich …? Nein, ich habe überhaupt nicht …« Paul stotterte, aber nicht aus Verlegenheit, sondern weil er nicht wusste, wie ihm geschah.

»Tisch mir bitte keine Lügen auf, Paul. Das würde das Fass zum Überlaufen bringen.«

»Ich lüge nicht, Kati, ganz bestimmt nicht. Von mir hat Blohfeld keine Informationen bekommen. Ich habe ihn in letzter Zeit überhaupt nicht mehr gesehen.« Er hielt einen Moment inne. »Das heißt: doch. Gestern sprachen wir kurz miteinander, aber ...«

»Na, siehst du! Bei der Gelegenheit hast du alles ausgeplaudert! So geht das nicht, Paul. Du wirst für mich zum Sicherheitsrisiko!«

Paul beteuerte wieder und wieder seine Unschuld, doch Katinka wollte ihm nicht glauben.

»Wie kann ich es dir nur begreiflich machen?«, versuchte er schließlich einen letzten Vorstoß, denn ihm gingen allmählich die Argumente aus. »Was hätte ich denn davon, wenn ich unsere Geheimnisse ausgerechnet Blohfeld verrate?«

»Ruhm als Zeitungsinformant? Oder Geld? Mir fallen auf Anhieb ziemlich viele Gründe ein.«

»Das ist nicht dein Ernst! Traust du mir zu, dass ich für ein paar Euro und ’nen feuchten Händedruck von Blohfeld unsere Ehe aufs Spiel setze?«

»Beweis mir das Gegenteil«, blieb Katinka hartnäckig.

»Jetzt mach aber mal halblang!« Auch Paul war nun sauer. »Du wirfst mir Vertrauensbruch vor, trittst unser Vertrauen aber selbst mit Füßen.«

»Selber schuld, kann ich da nur sagen.«

»Kati, lass uns damit aufhören«, kriegte Paul gerade noch die Kurve. »Es bringt doch nichts, wenn wir uns gegenseitig Beschuldigungen an den Kopf knallen. Ich möchte keinen Ehekrach so kurz nach der Hochzeit.«

Sie kamen überein, dass dieser Streit nicht am Telefon zu lösen sei, und Katinka kündigte stattdessen an, so bald wie möglich vorbeizukommen. Bevor sie ihr Telefonat beendeten, berichtete Paul ihr kurz und knapp von der Handynummer auf Rodes Manuskript und dem daneben stehenden Namen Frieda. Katinka ließ sich die Nummer durchgeben und versprach, den Hinweis überprüfen zu lassen. Damit legte sie auf und überließ Paul seinen Gedanken, in die sich unterschwellige Selbstvorwürfe mischten, obwohl er doch wirklich in keiner Weise zur Entstehung des Zeitungsartikels beigetragen hatte.

Innerlich aufgewühlt ging er durch sein Atelier, füllte den Wassertank seines Kaffeeautomaten auf, goss auch gleich den Basilikumstock auf dem Fensterbrett und setzte seinen unruhigen Rundgang fort. Zunächst dreimal im Kreis über das Parkett des großen Wohnraums, dann hinaus auf den Flur, wo er vor der Mokkabraunen stehenblieb und verharrte.

Der großformatige Abzug einer frühen Aktaufnahme, die eine Afroamerikanerin mit einem Schlangentattoo auf dem Rücken zeigte, war über die Jahre zu seinem Lieblingsbild avanciert. Sein ganz persönliches Meisterstück, wie Paul es empfand. Die Mokkabraune stand seitlich zum Fotografen und wendete ihm ihr Gesicht zu, das weder ein Lächeln zeigte noch sonst eine Gemütsregung verriet. Dennoch interpretierte Paul je nach eigener Verfassung die unterschiedlichsten Emotionen in den Gesichtsausdruck und sogar die Körperhaltung der Frau.

In Momenten wie diesem, wenn er aufgewühlt war und niemanden hatte, mit dem er über seine Gefühle sprechen konnte, ließ er sich sogar dazu hinreißen, mit der Mokkabraunen zu reden.

»Warum muss alles so kompliziert sein?«, fragte er ins Leere und schaute der Fotografie dabei in die Augen. »Mann und Frau in harmonischem Einvernehmen ist wohl ein Widerspruch in sich, was? Immer wieder gibt es Zoff zwischen Katinka und mir. Ich liebe sie, ja, aber manchmal könnte ich sie zum Teufel jagen.« Paul löste seinen Blick von der schönen Nackten und schaute sich in seiner Wohnung um. »Ich frage mich, wie es werden soll, wenn wir zusammenwohnen. Ist das wirklich eine kluge Entscheidung, hier alles aufzugeben und mit Kati unter einem Dach zu leben? Na klar, jedes andere verheiratete Paar macht es genauso. Aber muss es deswegen richtig sein? Immerhin lässt sich ja auch jedes dritte Paar wieder scheiden – was vielleicht nicht passieren würde, wenn jeder seine eigene Wohnung behielte und somit ab und zu auf Abstand gehen könnte.« Er drehte sich wieder um, sah die Mokkabraune herausfordernd an und fragte sich dabei, ob er auf seine alten Tage allmählich etwas wunderlich zu werden begann. Doch das war ihm schnuppe und er fragte das Poster: »Was sagst du dazu? Willst du umziehen oder hierbleiben?«

Paul wollte es kaum glauben, als sich tatsächlich etwas rührte. Er hörte ein feines Knistern, das von der Fototapete ausging. Als er näher trat, bemerkte er, dass sich der obere linke Bildrand vom Untergrund zu lösen begann. Sollte das die Antwort der Mokkabraunen sein? Er schüttelte den Kopf und musste über sich selbst lachen. Er würde das Poster bei Gelegenheit wieder anleimen müssen.

Kaum hatte sich Paul seinen Kaffee eingeschenkt, klingelte es an der Wohnungstür. Katinka hatte wohl alles stehen und liegen lassen, um zu ihm zu kommen, vermutete er. Er machte sich auf eine weitere heftige Standpauke gefasst, als er die Tür öffnete.

Doch anstelle seiner Frau huschte eine schlanke Gestalt in verwaschenen Jeans und mit einem tief ins Gesicht gezogenen Kapuzen-Sweatshirt herein.

»Jasmin?«, fragte Paul bass erstaunt.

Die Kriminalbeamtin wartete, bis Paul die Tür wieder geschlossen hatte, bevor sie die Kapuze herunterzog und ihr kurzes, rötlich-blondes Haar und ihr spitzbübisches, von Sommersprossen übersätes Gesicht zum Vorschein kam.

»Jepp«, meinte Kommissarin Jasmin Stahl, ging zielstrebig auf Pauls Küchenzeile zu und stellte sich an den Kaffeeautomaten. Während sie einen Espresso herausließ, erklärte sie: »Ich muss unbedingt für ein paar Minuten bei dir abtauchen. Mein Chef treibt mich in die Verzweiflung.«

»Lass hören«, forderte Paul sie auf und schielte auf die Uhr. Wie viel Zeit wohl blieb, bis Katinka auftauchte?

»Schnelleisen! Winfried Schnelleisen«, stöhnte die drahtige Polizistin. »Dieser Mann bringt mich um den Verstand. Jeden Tag, jede Stunde, jede Minute trauere ich Konrad Keller nach, seinem Vorgänger. Der steht ja kurz vor der Pensionierung und zieht sich mehr und mehr zurück. Keller war streng und konservativ – aber er hatte es drauf. Man konnte zu ihm aufsehen und viel von ihm lernen. Dieser Schnelleisen dagegen …« Sie stöhnte abermals.

Paul lehnte sich neben Jasmin an die Theke, die seine offene Küche vom Atelier trennte. »Bringt er die Sache wohl nicht voran?«, tastete sich Paul vor.

Jasmin schüttelte vehement den Kopf. »Überhaupt nicht! Im Gegenteil: Er stochert im Nebel wie ein

Anfänger, deutet die Ergebnisse der Spusi jede Stunde anders und hat nicht mal ansatzweise einen Plan, geschweige denn ein ungefähres Täterprofil.«

»Es ist ja auch nicht so einfach, wenn ihr vom Täter nichts habt als ein paar Faserspuren, ein einzelnes Haar und Abdrücke seines Rads.«

»Aber das ist doch ein guter Ansatz!«, brauste Jasmin auf. »Unsere Jungs müssten längst dabei sein, die Fahrradschuppen der benachbarten Höfe zu durchstöbern und Gipsabdrücke der Reifen zu nehmen.«

»Vielleicht meint Schnelleisen, dass das vertane Zeit wäre, weil er davon ausgeht, dass der Radfahrer nicht in der Nähe wohnt«, gab Paul zu bedenken.

»Warum nimmst du ihn denn auch noch in Schutz?« Sie warf ihm einen argwöhnischen Blick zu. »Außerdem ist das Quatsch, denn die Erfahrung sagt, dass Sexualtäter – die meisten Gewalttäter, wenn man's genau nimmt – meistens aus dem engeren Umfeld der Opfer stammen. Ich stelle mir das so vor: Frieda schlendert über den Feldweg, ein alter Bekannter überholt sie auf seinem Rad. Frieda grüßt freundlich, vielleicht aus der Sicht des Radlers zu freundlich. Er nimmt das als Aufforderung, sich über sie herzumachen.«

»Klingt fast zu einfach, um wahr zu sein«, meinte Paul.

»Ich sage dir eins, Paul: Die allermeisten Fälle sind so simpel aufgebaut. Als Ermittler denkt man oft viel zu kompliziert.«

»Wenn du meinst ...« Paul nahm einen Schluck aus seinem Kaffeebecher. »Aber außer blanker Theorie habt ihr bislang nichts in der Hand, oder? Zeugen haben sich nicht gemeldet?«

»Leider nein.« Sie zog die Stirn in Falten, als sie meinte: »Die Presse scheint beinahe mehr zu wissen als wir ...«

Paul sah sich fast schon genötigt, sich abermals zu rechtfertigen, aber Jasmin ritt nicht weiter auf diesem Punkt herum, sondern berichtete Paul von den unergiebigen Gesprächen mit dem Vater der Verstorbenen. Sie beschrieb Bruns als Querschädel, der nicht das geringste Interesse an den Tag legte, den Mord oder Totschlag an seiner Tochter aufzuklären und einen Täter dingfest zu machen. Stattdessen stehe im Mittelpunkt seines Denkens sein Sohn Tobias, den er abschotte und den er wohl am liebsten auf eine lange Reise in ein fernes Land schicken würde.

»Eigenartig«, kommentierte Paul. »Mir ist auch schon zu Ohren gekommen, dass Bruns seinen Sohn lieber heute als morgen loswerden würde. Das geht so weit, dass der Junge sogar seinen Erlanger Studienplatz aufgeben soll.« Er kratzte sich im Nacken. »Stellt sich die Frage, warum er so erpicht darauf ist. Will er seinen Sohn aus der Schusslinie holen, damit er nicht länger euren Fragen ausgesetzt ist? Oder soll das Ganze eher seinem eigenen Schutz dienen? Und wenn ja, Schutz vor wem?«

Jasmins Augenlider begannen zu flattern, als sie sagte: »Du tastest dich gerade an die weit und breit einzige feine Spur heran, die wir für vielversprechend halten. Aber darüber darf ich nicht sprechen.«

»Jasmin, ich bin doch kein Außenstehender. Ich stecke mitten drin in der Sache. Vergiss nicht, dass Frieda mit mir verabredet und ich als Zweiter am Tatort war. Du kannst mich jetzt nicht einfach außen vor lassen.«

»Muss ich aber«, sagte Jasmin. »Meine Lippen sind versiegelt.«

Paul hob den Arm und zeigte um sich. »Alles, was hier gesprochen wird, bleibt in diesen vier Wänden. Du kannst mir vertrauen, Jasmin.« Er steckte seine ganze Überzeugungskraft in den tiefgründigen Blick seiner braunen Augen.

Jasmin atmete tief durch. »Du Quälgeist«, meinte sie schließlich. »Aber wehe, du plauderst das aus, dann komme ich in Teufels Küche, und dich nehme ich gleich mit!« Abermals holte sie Luft und berichtete leise und sachlich: »Frieda war kein gänzlich unbeschriebenes Blatt. Sie muss zumindest zeitweise in schlechten Kreisen verkehrt haben. Wahrscheinlich in der Drogenszene. Von Partydrogen wie Ecstasy ist die Rede.«

»Wer hat dir das gesteckt?«, fragte Paul.

»Tobias Bruns. Wir haben ihn uns zur Brust genommen, und zwar ohne dass sein Vater daneben saß und ihn mit strengen Blicken einschüchtern konnte. Wir haben ihn gefragt, vor wem oder was sein Vater ihn schützen wollte. Tobias spielte zunächst den Ahnungslosen, aber dann merkte er, dass wir sehr hartnäckig sein können. Am Ende rückte er mit der Drogengeschichte heraus. Tobias glaubt, sein Vater habe Angst davor, dass er in das gleiche Milieu abgleitet.«

»Puh«, machte Paul. »Das ist allerdings eine wichtige neue Erkenntnis. Gehst du davon aus, dass der Täter in Dealerkreisen zu suchen ist?«

Jasmin grinste ihn frech an: »Mein lieber Paul«, sagte sie spitzbübisch, »meinst du nicht, du hast mich für heute genug ausgequetscht? Denn eigentlich bin ich ja hergekommen, damit du mir Trost spendest und mich für meinen anstrengenden Chef bemitleidest. Stattdessen nutzt du einfach nur meine vorübergehende Schwäche schamlos aus, um deine Neugierde zu befriedigen.«

»Ist nicht dein Ernst, oder? Du wolltest dich ausgerechnet bei mir ausheulen?«, stellte Paul die Motivation ihres Besuchs in Zweifel.

Jasmin kam ihm näher und sagte mit entwaffnender Ehrlichkeit: »Mit wem sollte ich denn sonst über den Frust im Job quatschen? Von meinen Freudinnen sind die meisten auch Bullen, bei denen will ich mir nicht den Mund verbrennen. Und einen Mann gibt es – wie du weißt – momentan nicht in meinem Leben.« Sie seufzte übertrieben. »Ich vermisse die Zeit, in der wir beide ab und zu wenigstens mal ein Bier trinken gegangen sind. Langsam gewinne ich den Eindruck, dass du einen weiten Bogen um mich schlägst, seit du deiner Kati das Ja-Wort gegeben hast.«

Sie hatte kaum ausgesprochen, als es an der Tür klingelte.

»Upps«, meinte Jasmin. »Ist das etwa *sie*?«

Paul nickte. »Ich gehe davon aus.«

Jasmin sah sich um und fragte: »Soll ich mich im Kleiderschrank verstecken?«

»Sei nicht albern«, lachte er.

8

Eine geschlagene Stunde hatte Paul gebraucht, um Katinkas Zorn – der durch Jasmins Anwesenheit nicht gerade gemildert worden war – zu besänftigen, sie davon zu überzeugen, dass er nicht als Blohfelds Quelle fungiert hatte, und sich wieder mit ihr zu versöhnen. Als sie gegen Mittag zurück ins Gericht fuhr, war er viel zu erschlagen, um sich eine angemessene Zeit lang an seinen Computer zu setzen und Fotos zu bearbeiten. Lediglich die Bilder von Miss Radieschen überspielte er von der Speicherkarte auf den Rechner und bearbeitete sie oberflächlich. Doch die Lust verließ ihn, sobald die Außenaufnahmen, die er beim Warten auf Frieda angeschlossen hatte, auf seinem Bildschirm erschienen: Zwar kam das Modell vor dem kontrastreichen Holzstoß gut herüber, doch der Hintergrund war stark verbesserungswürdig. Denn ein Hochspannungsmast stand mitten in einem der Knoblauchsländer Äcker und zerschnitt die Bildsymmetrie. Paul machte sich daran, den Mast zu retuschieren, als ihm ein weiterer Schönheitsfehler auffiel: Ein Radfahrer mit grünschwarz karierter Jacke tauchte rechts im Bild auf. Winzig zwar, doch bei genauerem Hinsehen ein störender Fremdkörper, den Paul ebenfalls entfernen musste. Für diese Tüftelarbeit jedoch fehlte ihm heute schlichtweg die Energie.

Stattdessen gönnte er sich einen stressfreien Resttag in der Stadt, schlenderte die Breite Gasse und die Karolinenstraße entlang und leistete sich ein neues Paar Schuhe, drei T-Shirts und eine Dreiviertelhose. Nach einem Caffè Latte und einem Bagel, den er im Freien mit Blick auf den Weißen Turm genoss, kehrte er erst am späten Nachmittag zurück in sein Loft.

Als sich das schlechte Gewissen wegen des komplett arbeitsfreien Tages meldete und er sich doch noch an seinen Arbeitstisch setzen wollte, stieß er zufällig auf den Flyer, den ihm das Fotomodell vom Salatfeld in die Hand gedrückt hatte – die Einladung zum Fest der Dorfjugend.

Paul prüfte das Datum: Die Fete sollte heute Abend steigen. Sofort hatte er Jasmins Worte und ihre Anspielungen auf die Drogenszene im Ohr. Konnte Frieda nicht auf einer solchen Party mit einem Dealer in Kontakt gekommen sein? Spontan entschloss er sich dazu, die Einladung anzunehmen und sich bei dieser Gelegenheit ein bisschen umzuhören.

Als er in seinem Schlafzimmer vorm Kleiderschrank stand und eine geeignete lässige Garderobe zusammenstellte, musste er beim prüfenden Blick in den Spiegel feststellen, dass er – kritisch betrachtet – alles in allem ziemlich alt aussah. So wie er sich selbst wahrnahm, würde er bei der Dorfjugendfeier auffallen wie ein bunter Hund, und man würde ihn für den Vater eines der Gäste halten. Keine angenehme Vorstellung. Also musste er sich entweder über Gebühr stylen, die Haare gelen und die Falten mit einer großen Sonnenbrille kaschieren – oder aber er musste mit einer jungen Begleitung auftauchen, die seine Anwesenheit als reifer Freund quasi legitimierte. Da gab es nur eine, die diese Rolle kurzfristig übernehmen konnte …

Hannah, Katinkas ebenso eigenwillige wie inzwischen eigenständige Tochter, ließ sich nicht zweimal bitten, denn sie hatte an diesem Abend sowieso nichts vor, und die Aussicht auf ein paar von Paul spendierte Drinks machte ihr die Entscheidung leicht. Ihre Kleidungswahl war auf enge Bluejeans, eine seidenleichte Bluse und Stiefeletten gefallen. Paul hingegen hatte sich nach langem Hin und Her für ein einheitlich schwarzes Outfit entschieden, das mit seinem dunklen Haar und Teint harmonierte und ihm, wie er meinte, am besten stand.

Die Party-Zone entpuppte sich als schlichte Scheune am Almoshofer Ortsrand, die mit ein paar farbigen Strahlern aufgehübscht worden war. Da sämtliche Gerätschaften ausgeräumt worden waren, bot sie reichlich Platz, der auch benötigt wurde, denn sehr viele Jugendliche waren der Einladung gefolgt. Paul tippte, dass wohl nur die wenigsten auf den Flyer angesprungen waren, sondern die meisten heutzutage durch Facebook oder ähnliches auf eine so abgelegene Location aufmerksam wurden.

Auf einem provisorisch zusammengezimmerten Podest legte ein halbwüchsiger DJ in schneller Folge diverse CDs auf, während auf der gegenüberliegenden Seite das Bier aus selbstkühlenden Fässern sprudelte. Gleich daneben stand – von Hannah sofort erspäht – die Cocktailbar.

Sie hakte sich bei Paul ein, um den Anschein zu wahren, und strebte mit ihm auf die Bar zu, die aus der Nähe betrachtet ebenso schludrig aus Holzbrettern zusammengesetzt worden war wie die kleine Bühne.

»Ich lass' mir einen ›Hugo‹ mixen«, wusste Hannah, noch ehe sie die mit Kreide auf eine abgebrochene Tafel gekritzelte und kaum leserliche Getränkekarte angesehen hatte.

»Einen ›Hugo‹?«

»Ja! Prosecco, Holunderblütensirup, Eiswürfel und ein Minzeblatt. Total lecker und megahipp. Und nun geh mal schön ermitteln«, verteilte sie die Rollen und gab Paul damit zu verstehen, dass er sich unters Volk mischen sollte. Zuvor aber streckte sie die Hand aus, in die Paul mit leicht gequältem Gesicht einen 20-Euro-Schein legte.

Es ging gerade erst auf 21 Uhr zu, draußen war es noch taghell, und trotzdem herrschte in der Scheune schon jetzt eine ausgelassene Stimmung wie in einer Disco normalerweise erst nach Mitternacht. Als Paul sich unter den fast dreißig Jahre jüngeren Partygängern umsah, fiel ihm bald eine gewisse Aggressivität unter den jungen Männern und eine allzu offen zur Schau getragene Laszivität der Frauen auf. War man so in diesem Alter? Oder lag das am Alkohol, dem auch diejenigen zusprachen, die nach seiner festen Überzeugung noch keine 16 Jahre alt waren? Paul kam noch eine dritte Möglichkeit in den Sinn, die sich zu bestätigen schien, als ihn ein junger Bengel anrempelte, sich grinsend entschuldigte und dabei seine auffällig geweiteten Pupillen sehen ließ.

Drogen, dachte Paul. Hier waren Rauschmittel im Spiel! Er entschied, sich durch die Menge zurück an die Bar zu kämpfen und Hannah von seinem Verdacht zu berichten. Wahrscheinlich würde sie nur müde lächeln, denn was die Jugend anbelangte, war sie natürlich viel näher dran und wesentlich abgeklärter als er. Doch auch sie sollte es nicht kalt lassen, wenn auf dieser Party mit illegalem Stoff gehandelt wurde.

Als er auf die Bar zustrebte, sah er, dass Hannah diese gerade verließ, an ihrer Seite ein junges Mädchen. Paul schätzte es auf nicht älter als 17, höchstens 18. Er erreichte die beiden, als sie gerade durch das Scheunentor gingen und ein paar Meter abseits vom Trubel und Lärm stehen blieben. Paul, bislang unbemerkt, stellte sich in ihre Nähe und tat so, als würde er in seinen Taschen nach Zigaretten suchen.

Während er umständlich seine Jacke und Hose abtastete, schielte er nach Hannahs Begleitung: Sie war gertenschlank, trug Röhrenjeans und eine weiße Bluse, das dunkelblonde Haar hatte sie mit Mikadostäbchen hochgesteckt. Paul stand nahe genug, um das Gespräch der beiden verfolgen zu können:

»... ein blödes Gefühl, dass Frieda nie wieder dabei sein wird. Sie hat so gern mit uns gefeiert, rumgehangen und gequatscht.«

»Warst du eng mit ihr befreundet?«

»Ihre beste Freundin vielleicht nicht. Aber, ja, wir kamen gut miteinander aus. Sie fehlt mir total.« Das Mädchen nahm einen großen Schluck aus einer Dose. Energydrink oder Alkopop – Paul konnte es nicht sagen.

»Frieda hat also gern abgefeiert. War wohl oft unterwegs in Discos und so?«

»Ja, klar. Soweit das ihr Vater erlaubt hat, der ist sehr streng.«

»Hat er ihr wohl meistens verboten auszugehen?«

»Nee, nicht verboten. Aber er hat schon drauf geachtet, dass das nicht ausuferte und die Schule nicht litt. Seit 'nem halben Jahr war es aber eh ruhiger geworden bei Frieda.«

»Wieso? Plötzlich kein Bock mehr auf Feten?«

Das Mädchen kicherte: »Mehr Bock auf Knutschen. Frieda hatte 'nen neuen Lover.«

»Ein neuer Typ, aha. Was war das denn für einer?« Hannah wies mit dem Kopf in Richtung Party. »Einer von den Jungs hier?«

Das Mädchen schüttelte entschieden den Kopf: »Nee, keins von diesen Kids! Wie kommst du denn da drauf? Bei Jungs war Frieda ziemlich ..., ja, ziemlich ...« Sie suchte nach einem geeigneten Wort, fand keines und trank noch mal aus ihrer Dose.

»Wählerisch?«, schlug Hannah vor.

»Ja, das passt! Frieda wusste genau, mit wem sie was anfangen wollte und mit wem nicht. Sie war ja ziemlich hübsch und ist oft angemacht worden. Aber die meisten bekamen eine Abfuhr von ihr.«

»Einer offenbar nicht. Hast du ihn kennengelernt?«

Schulterzucken. »Das war ganz komisch mit dem. Frieda war total verknallt und hatte keinen Kopf mehr für irgendwas anderes, aber vorgezeigt hat sie ihren neuen Typen nicht. Keine von uns hat ihn zu sehen gekriegt. Ich weiß nicht, ob sie Angst hatte, dass ihn ihr jemand wegschnappt.«

»Weißt du denn wenigstens, wo er herkam und was er so machte?«

Das Mädchen ließ Anzeichen aufkommender Unruhe erkennen, gab ihr aber eine Antwort: »Nee, nur dass er wohl schon älter war. Irgendwie hatte Frieda so'n Faible für reifere Männer, hatte sogar mal 'n Auge auf 'nen Lehrer von uns geworfen. Aber das ist schon lange her. Der Neue war kein Lehrer, das wüsste ich sonst.«

»Das klingt ja spannend. Weißt du sonst noch was?«

»Nö. Außer vielleicht, dass der Typ sie ziemlich gut im Griff hatte. Das tat ihr gut, denn früher war sie manchmal so ... so ...«

»Wankelmütig?«

»Nee, eher experimentierfreudig. Hat ziemlich viel dummes Zeug ausprobiert. Scheiße, verdammt, habe ich immer zu ihr gesagt. Lass bloß die Hände von den Drogen!«

»Drogen? War Frieda drogenabhängig?«

Das Mädchen ließ die Dose fallen, schlug die Hände vors Gesicht. »Oh, Mist. Was rede ich hier eigentlich? Scheiße, nein, das mit den Drogen habe ich nur so daher gesagt. Ich habe keine Ahnung, was Frieda eingeworfen hat. Wirklich nicht.« Ihre Augen verengten sich. »Hey, ich kenn dich eigentlich gar nicht. Lass mich jetzt in Ruhe mit deiner Fragerei!« Damit drehte sie sich abrupt um und ließ Hannah stehen.

Paul verließ seine vorgetäuschte Raucherposition im Halbdunkel. »Nicht schlecht fürs Erste, Frau Juniordetektivin«, lobte er Hannah.

Doch diese stampfte wütend mit dem Schuh auf. »Von wegen! Das Mädel hätte 'ne erstklassige Quelle abgegeben, aber ich habe sie vergrault.«

»Ich finde, du hast eine Menge aus der Kleinen herausgeholt. Mein Kompliment war aufrichtig.«

»Ach, was! Da ist mehr drin. Ich mische mich noch mal unters Partyvolk und höre mich um. Wäre doch gelacht, wenn wir Friedas kleine und große Geheimnisse nicht lüften könnten.«

Voller Elan ging sie zurück in die Scheune. Paul blieb zunächst an Ort und Stelle und dachte, dass dies vielleicht tatsächlich der passende Moment für eine Zigarette wäre. Aber er war nun seit über 40 Jahren ohne Nikotin ausgekommen und würde es wohl auch die zweite Hälfte seines Lebens so halten.

Stattdessen genoss er eine Weile die allmählich kühler werdende Abendluft, betrachtete das Abendrot über den Äckern, Feldern und Wiesen und folgte dann Hannah zurück in die Scheune. Auf in den Kampf!, dachte er, als er dem Wummern der Bässe, der alkoholgetränkten Luft und dem Lärm der Dorfjugend entgegentrat, deren Körper in den Lichtblitzen von Stroboskopen zuckten.

Paul kam in dem anschwellenden Gedränge kaum voran, geriet versehentlich auf die Tanzfläche und gewann den Eindruck, mitten in einer Gruppe Vorschüler auf einem Kindergeburtstag zu stecken. Denn wie auf Kommando begannen die Teenies alle ein Spiel, für das Paul nur ein Wort finden konnte: albern.

Die Mädchen sprangen auf die Rücken der Jungs, die ihnen am nächsten standen, klammerten sich fest, hielten ihnen mit beiden Händen fest die Augen zu und trieben sie zum Weitertanzen an. Huckepack ritten sie auf ihren zweibeinigen Gäulen über den lehmigen Boden, jauchzten vergnügt und riefen ihren Auserwählten ins Ohr: »Wer bin ich? Wer bin ich?«

Ehe sich Paul versah, wurde auch er zum Packesel. Ein graziles Wesen kletterte an ihm empor wie ein Äffchen und schwang sich auf seine Schultern. Schmale Finger legten sich auf seine Lider.

»Rate, wer ich bin!«, befahl eine jugendliche Stimme.

»Was soll das?«, fragte Paul und versuchte, die Hände des Mädchens beiseitezuschieben.

»Du sollst meinen Namen raten, dann bist du frei und darfst mich küssen.«

»Ich will dich nicht küssen«, sagte Paul ärgerlich.

»Rate meinen Namen! So sind die Regeln.« Das drahtige

Geschöpf verstärkte seinen Klammergriff. Auch ihre Schenkel pressten nun stärker gegen seinen Hals.

»Also gut: Kirsten, Kerstin, Cornelia?«

»Nein, falsch, falsch, falsch!«

»Ingrid, Ingeborg, Isolde?«

»Versuch's mal mit einem B.«

»Berta, Bea ...«

»Richtig!« Im Nu wurden Pauls Augen freigegeben. Eine auffallend hübsche Brünette ließ sich von seinem Rücken hinabgleiten. Freudig sah sie zu ihm auf.

»Und nun?«, fragte Paul etwas ratlos.

»Nun darfst du mit mir schlafen«, sagte sie, ohne mit der Wimper zu zucken.

Paul sah sie bass erstaunt an. »Eben war doch noch von küssen die Rede.«

Das Mädchen zuckte nur mit den Schultern. Paul schaute sich daraufhin um, entdeckte wild knutschende Pärchen in jeder Ecke. Dann sah er seiner ungewollten Freundin direkt in die Augen und registrierte das gleiche Anzeichen von Drogenkonsum wie zuvor schon bei dem Jungen, der ihn angerempelt hatte.

»Komm mit«, sagte er kurzentschlossen und griff nach ihrer Hand. Er würde das Mädchen bis zur Bar führen und Hannah bitten, es nach Hause zu bringen. Denn auf dem Trip, dem sich die Kleine hingegeben hatte, konnte er sie unmöglich allein ihrem Schicksal überlassen.

Doch dazu kam es nicht: Ehe Paul wusste, was vor sich ging, fing er sich einen schmerzhaften Schlag in die Nieren ein. Er riss seinen Kopf herum, um zu erkennen, wer ihn attackiert hatte, und blickte einem ihm unbekannten Hänfling in sein pickeliges Gesicht.

»Der alte Sack gräbt unsere Mädels an!«, brüllte dieser mit sich überschlagender Stimme.

Sofort lösten sich einige andere, deutlich kräftiger gebaute junge Männer aus der Menge und preschten auf Paul zu. Sekunden später flogen die Fäuste, unter denen sich Paul nur mit Ach und Krach hinwegducken konnte. Er fing sich einige Hiebe ein, schaffte es aber schnell, Reißaus zu nehmen.

Er eilte in Richtung der Cocktailbar, wobei es ihm wider Erwarten gelang, seine Angreifer abzuschütteln. Die Eskalation der Gewalt hingegen war nicht aufzuhalten, denn die aufgeputschten und aufgebrachten Jugendlichen prügelten sich weiter, obwohl sich ihr eigentliches Opfer aus dem Staub gemacht hatte. Mit Befremden beobachtete Paul, wie das Handgemenge in eine wüste Schlägerei ausartete. Auch auf den Stufen, die zum Podest des DJs hinaufführten, wurde jetzt gekämpft.

Zu seinem großen Schrecken erkannte Paul, dass er Bea mitten in dem wachsenden Chaos zurückgelassen hatte. Sie wurde umgestoßen, fiel hin, schaffte es nicht, wieder aufzustehen.

Ohne Zögern machte Paul noch einmal kehrt, packte den ersten Schläger, der sich ihm in den Weg stellte, beim Kragen und versetzte ihm einen Tritt gegen die Knöchel. Den nächsten beiden erging es nicht besser. Dann hastete er auf die am Boden Liegende zu, half ihr auf und lotste sie durch das Gewühl hinüber zur Bar, hinter der sich Hannah bereits verschanzt hatte.

»Bloß weg hier!«, brüllte Paul, als sich die Raufbolde näherten und ihn zu schnappen versuchten. Hannah nahm die völlig verschreckte Bea bei der Hand und führte sie zum Ausgang, während Paul mehr schlecht als recht versuchte, ihnen Deckung zu geben.

Als die Angreifer immer näher kamen, ihn umzingelten und ihm den Fluchtweg abschnitten, spannte sich sein Körper an. Verflucht noch mal, dachte er, ist es jetzt so weit, dass ich mich mit Jugendlichen prügeln muss? Doch er hatte keine Wahl. Paul besann sich des Vorteils, den er gegenüber den anderen hatte: Er hatte weder getrunken noch Drogen konsumiert, war somit bei wachem Verstand, zusätzlich aufgeputscht durch das in sein Blut schießende Adrenalin. Zeit zum Handeln, dachte er.

Paul bückte sich, nahm Anlauf und rammte seinen Kopf in den Bauch des ersten Angreifers, bevor er dem zweiten ein Bein stellte und einem dritten die Faust gegen den Hals drosch. Der Jüngling schnappte nach Luft und ging in die Knie. Doch Paul hatte keine Zeit, sich über den Erfolg seiner Attacke zu freuen: Er spannte die Muskeln und sprang einem weiteren Jungen entgegen, der ein mit Nägeln beschlagenes Brett aus dem Tresen der Bar gelöst hatte und es über dem Kopf schwenkte. Kurzerhand schlug Paul ihm mitten ins Gesicht und hörte das Bersten des Nasenbeins. Gleich darauf wirbelte er herum und verpasste einem anderen einen Faustschlag in den Magen.

Doch damit endete seine Glückssträhne: Ein stämmiger Jugendlicher, der sich von hinten angeschlichen hatte, schlang seine Arme um seinen Hals. Sein Adamsapfel wurde eingedrückt. Paul röchelte und versuchte sich zu befreien, indem er wild hinter sich schlug. Aber der andere erwies sich als stärker.

Paul schwanden die Sinne, als der Kraftprotz seinen Würgegriff weiter anzog und einer der besiegt geglaubten

Jungen sich aufrappelte, um Paul ein paar deftige Hiebe zu verpassen. Paul beugte sich vor, ging zu Boden. Gleich darauf hagelte es Tritte.

Er hatte keine Chance, wieder auf die Beine zu kommen. Von überall flogen jetzt die Fußspitzen und Hacken auf ihn zu, trafen ihn an jeder nur denkbaren Stelle seines Körpers. Wenn er sich auf der einen Seite zu schützen versuchte, traf es die andere. Bald konnte Paul die einzelnen Schläge und Tritte nicht mehr voneinander unterscheiden, sondern spürte nur noch einen dumpfen Schmerz, der sich über Rumpf und Gliedmaßen gleichermaßen ausbreitete. Instinktiv konzentrierte er sich darauf, seinen Kopf zu decken. Er ballte seine Fäuste seitlich der Schläfen und zog gleichzeitig die Knie an, um auch den Unterleib aus der Schusslinie zu bringen. Obwohl er keinerlei Gegenwehr mehr leistete, zeigten seine Peiniger keine Gnade. Wie im Blutrausch tobten sie sich an ihm aus, hatten jede Hemmschwelle hinter sich gelassen, schreckten vor nichts mehr zurück.

Das war das Ende, ging es Paul durch den Kopf.

Seine Rettung kam wie aus dem Nichts: Mit ausgestreckten Armen drängte ein neuer Mitspieler aufs Parkett. Wie ein Wirbelwind mischte eine schlanke Gestalt den Pöbel auf. Sie sprang in die Luft wie Bruce Lee zu seinen besten Zeiten, ließ die Umstehenden schmerzhaft die Absätze ihrer Schuhe spüren. Als sie wieder auf dem Boden landete, vollführte sie eine formvollendete Pirouette, verteilte präzise Hiebe mit dem Handrücken und gezielte Tritte mit der Fußspitze.

Im Nu ließen die Brutalos von Paul ab und traten überrascht zurück. Ein unerwarteter Moment der Ruhe kehrte ein, sodass Paul die Gelegenheit bekam, seinem Retter in die Augen zu sehen.

Es war kein Retter, sondern eine Retterin: Jasmin Stahl stand breitbeinig über ihm, zückte ihre Dienstmarke und hielt sie selbstbewusst in die Höhe, woraufhin die Jugendlichen den Kampf vollends aufgaben und sich trollten.

Obwohl sich Paul im wahrsten Sinne des Wortes niedergeschlagen fühlte und die Scheune so schnell wie möglich verlassen wollte, war er so geistesgegenwärtig, den letzten der flüchtenden Angreifer am Hosenbein zu fassen und aufzuhalten.

»Woher bekommt ihr euren Stoff?«, fragte er den Jungen scharf. »Ich will den Namen eures Dealers hören!«

Der Jugendliche versuchte, sein Hosenbein zu befreien, was Paul nicht zuließ. »Ach, leck mich doch!«, blaffte der Festgehaltene. »Der Typ heißt Jo!«

»Jo? Und weiter?«

»Jo Weiß. Aber jetzt lass mich endlich los!«

Das tat Paul, und Jasmin, die ein paar Schritte entfernt stand und die letzten aufmüpfigen Jugendlichen in ihre Schranken wies, ließ ihn gewähren.

»Das hätte ins Auge gehen können«, sagte sie leicht aus der Puste, als sie kurz darauf wieder zu ihm trat. »Warum treibst du dich hier eigentlich herum?«

»Ich war eingeladen«, spielte Paul den Arglosen und rappelte sich auf. Er stöhnte, denn jeder seiner Knochen tat ihm höllisch weh.

»Eingeladen von wem?«

»Von einem meiner Modelle. – Und du?«

»Ich bin im Dienst und war bis vor wenigen Minuten undercover. Nach diesem Zirkus kann ich eine verdeckte

Ermittlung allerdings vergessen«, sagte sie säuerlich. Dann milderte sich die Schärfe ihres Tons: »Brauchst du einen Arzt?«, erkundigte sie sich mit besorgtem Blick auf seine Blessuren.

»Nee, eher ein weiches Bett und 'ne Mütze voll Schlaf. Dank deines Einschreitens konnten diese Freizeitschläger keine bleibenden Schäden bei mir anrichten. Hoffe ich zumindest.«

9

Es war nicht länger die Aussicht auf ein Honorar, die ihn antrieb, als Paul am nächsten Morgen abermals ins Herz des Knoblauchslandes fuhr, um den Vorschlag von Großbauer Deuerlein aufzugreifen. Nein, es ging ihm nach den Eindrücken der letzten Tage darum, seine wachsende Neugierde über das anscheinend gar nicht so unspektakuläre Leben der Knoblauchsländer zu befriedigen. Dafür würde er Interesse an dem ihm angebotenen Fotoauftrag zeigen und Deuerlein bei dieser Gelegenheit aushorchen. Das fand er nicht nur vielversprechend, sondern auch allemal sicherer, als sich mit dem ominösen Jo Weiß zu befassen. Das wollte er nach den schmerzhaften Erfahrungen der vergangenen Nacht doch lieber Jasmin und ihren waffentragenden Jungs überlassen, die sein Mitmischen ohnehin nicht dulden würden. Bei nächster Gelegenheit würde er ihr auch Jos Namen mitteilen. Gestern Abend war sie zu schnell verschwunden, heute früh hatte er sie nicht mehr zuhause und noch nicht im Büro erreichen können.

Deuerlein, den er telefonisch über sein Kommen informiert hatte, erwartete Paul bereits. Er stand mit verschränkten Armen vor einem seiner futuristisch anmutenden Gebäudekomplexe aus Glas und Stahl, der auch nach mehrmaliger Betrachtung einen herben Gegensatz zu der betulichen Nostalgie der sonstigen Landwirtschaft bildete und an den sich Paul einfach nicht gewöhnen konnte. Anmerken ließ er sich das freilich nicht.

»Ich freue mich, dass Sie mein Angebot annehmen wollen«, sagte Deuerlein zur Begrüßung. Sein wohlwollendes

Lächeln trübte sich, als er Paul die Hand drückte. »Sagen Sie: Hatten Sie einen Unfall?«

»Ach, Sie meinen die Pflaster und das Veilchen? Ja, man könnte es einen Unfall nennen. Aber keine Sorge: Es sieht schlimmer aus, als es ist.« Und rasch fügte er hinzu: »Angenommen habe ich Ihren Auftrag noch nicht. Vorläufig möchte ich mich nur umschauen.«

»Nun gut. Dann lassen Sie uns einen kleinen Rundgang durch meine Tomatenfarm unternehmen!«

»Gern«, sagte Paul und war froh, dass es Deuerlein bei dieser einen Frage nach seinen Blessuren hatte bewenden lassen, denn er wollte sich dem Bauern gegenüber nicht erklären müssen. Er rutschte den Tragegurt seiner schweren Fototasche zurecht, unter dem er begonnen hatte zu schwitzen.

Obwohl Paul nicht zum ersten Mal ein modernes Gewächshaus von innen sah, staunte er über den Hightech-Dschungel, der sich vor ihm in nie geahnten Dimensionen ausbreitete und ihn an die Biosphäre einer Raumstation aus einem Science-Fiction-Film denken ließ: Riesige, zehn oder sogar fünfzehn Meter lange Tomatenpflanzen schlängelten sich dicht an dicht um dünne, von der Decke herabhängende Rankgitter. Zwischen dem satten Grün der Stränge und Blätter wirkten die prallen, blutroten Früchte wie von Künstlerhand gesetzte Farbkleckse.

Die Tomatenpflanzen blieben nicht ihrem natürlichen Schicksal überlassen, sondern wurden umsorgt wie Patienten auf der Intensivstation: Überall verliefen dünne Schläuche in unterschiedlichen Farben, aus denen feinste Tropfen perlten, andere verteilten sprühnebelartige Feuchtigkeit über den Ranken. Nichts, so schien es, wurde hier dem Zufall überlassen, und jede einzelne Tomatenpflanze genoss eine Rundumversorgung, denn Sensoren registrierten den exakten Feuchtigkeitsgrad, die Temperatur und die Lichtintensität. Nur eines blieb den Tomaten vorenthalten, wie Paul feststellte: die Erde.

»Kommen Ihre Zöglinge wohl ohne aus?«, erkundigte sich Paul und zeigte auf die Wurzelballen, die in Kunststoffkästen mit einer blassen Flüssigkeit und Granulat wurzelten.

»Wir setzen ganz auf Hydrokulturen«, erläuterte Deuerlein bereitwillig. »Die Nährlösung enthält alles, was die Pflanzen brauchen. Die Dosierung ist optimal abgestimmt.«

»Und das funktioniert wirklich, so ganz ohne Erde?«, fragte Paul erstaunt.

»Gewiss. In unserem Betrieb werden Gurken, Tomaten und Paprika ausschließlich auf Substrat angebaut, genauer gesagt auf Perlite. Das ist ein durch Hitze aufgeblähtes Vulkangestein, es wird einmal im Jahr mit heißem Dampf sterilisiert. Gedüngt wird mit mineralischem Dünger, der über das Wasser an die Wurzeln ausgebracht wird. Es gibt keine Überdüngung mit Gülle oder Klärschlamm, und Pestizide haben bei uns nichts verloren.«

»Damit sind Sie doch gar nicht mal so weit entfernt von Rodes grünen Idealen«, meinte Paul.

Deuerlein verzog den Mund. »Meine Rede!« Voll Selbstbewusstsein erklärte der Großbauer: »Kein Krumen Erde berührt die Wurzeln meiner Zöglinge, kein Regentropfen benetzt sie, und doch wachsen sie in Rekordtempo zur Erntereife heran. Denn es gibt hier auch keine Schnecke, die an ihnen nagt, keine Dürre lässt die Blätter welken, kein Kälteeinbruch stresst die Kolonien.« Als Paul ihn mit aufkeimendem Zweifel ansah, ergänzte er: »Ich verwöhne meine Kulturen. So gut wie bei mir würde es den Tomaten nirgendwo anders gehen. Das Gleiche gilt für meine Paprika. Im Gegenzug für die gute Behandlung belohnen mich die Pflanzen mit Früchten von großem Volumen, ausgezeichneter Qualität und höchstem Aroma.«

Paul, den die ganzen Apparaturen, Schläuche und Flüssigkeiten mehr und mehr an ein Krankenhaus denken ließen, war nicht überzeugt davon, dass eine Pflanze – wenn sie denn eigenen Willen zeigen könnte – wirklich diese sterile Kunstwelt der freien Natur mit Wind und Wetter vorziehen würde. Andererseits musste er sich eingestehen, dass ihn die Technik beeindruckte: Nährlösung träufelte direkt auf die Wurzelballen, über ein Schlauchsystem an der Decke verdampfte Wasser, die Luftfeuchtigkeit wurde konstant gehalten, die Wärme sowieso. Paul schätzte sie auf 24 bis 26 Grad. Die künstliche Sonne schien feindosiert. Rote, blaue und weiße Leuchtdioden bestrahlten die Blätter aus geringer Distanz.

»Je nach Art benötigen die Pflanzen bestimmte Wellenlängen für ihr optimales Wachstum«, hörte Paul seinen Begleiter sagen. »Zwischen 400 und 700 Nanometer.« Dann sprach er von einer »dynamischen Nahrungsmittelindustrie«, was in Paul unwillkürlich Bilder von Instantkost und Konservendosen wachrief.

Seine Gedanken behielt er jedoch für sich und ließ sich von seinem Gastgeber nach nebenan in ein ebenfalls gläsernes Kesselhaus mit chromglänzenden Wassersilos führen. Deuerlein ging währenddessen beiläufig auf das

Thema Energieversorgung ein, sprach von einem Blockheizwerk, hoher Effizienz und vergleichsweise geringen Emissionen.

Und schon folgte die nächste Station: Per Knopfdruck ließ Deuerlein ein Rolltor surrend nach oben fahren und führte Paul in einen peinlich sauber gehaltenen Kühlraum. Zu beiden Seiten standen hohe Stapel von Gemüse- und Obstkisten, in denen die Ernte des Vormittags bei Kühlschranktemperatur lagerte und auf ihre Verschickung an die Abnehmer wartete.

Paul war beeindruckt von der schieren Größe des Raums und den Unmengen an Frischware. »Wo werden Sie das bloß alles los?«, fragte er.

Deuerlein, Gemüsebauer, aber eben auch Geschäftsmann durch und durch, erklärte: »Das meiste geht per Lkw an die Discounter, einiges auf den Großmarkt und eine geringe Menge direkt an den Endverbraucher. Mir ist ganz wichtig: Wir wollen den Kontakt zum Kunden nicht verlieren und haben deshalb sogar einen Stand auf dem Hauptmarkt.«

»Was für einen Durchlauf erzielen Sie denn pro Jahr?«, wollte Paul wissen. »Zehn Millionen Tomaten, oder sind es sogar mehr?«

Deuerlein ging darauf nicht direkt ein. Stattdessen sagte er: »Viel zu wenig, um im europäischen Markt auf die Dauer konkurrieren zu können. Uns fehlen die Flächen für weitere Treibhäuser, damit wir die Produktionsrate endlich weiter hochfahren können.« Mit ausladender Gestik, als wollte er seinen Worten größere Bedeutung verleihen und seine Tätigkeit auf eine höhere Ebene heben, gab sich der Bauer als Visionär: »Um langfristig die wachsende Weltbevölkerung ernähren zu können, müsste man bis zum Jahr 2050 zusätzliche Agrarflächen von der Fläche Brasiliens unter den Pflug nehmen. So viel neuer Ackerboden existiert einfach nicht. Denn wir können nicht immer mehr Wald roden, Savannen umpflügen und Feuchtgebiete trockenlegen. Um die Folgen des Klimawandels abzumildern, müssen wir das genaue Gegenteil tun: Ackerland renaturieren!«

Die Vehemenz in Deuerleins Worten nötigte Paul Respekt ab, doch er verlor nicht aus den Augen, um was es dem Großbauern eigentlich ging: »Sie wollen noch mehr Gewächshäuser bauen?«, fragte er und merkte selbst, dass er eher entsetzt als begeistert klang.

Deuerlein bekam das offenbar nicht mit, denn mit geschwellter Brust bekräftigte er: »Aber sicher! In unserer Branche sind wir zum Wachstum verdammt. Andernfalls nehmen uns die Holländer und Spanier das Geschäft weg, ganz zu schweigen von der osteuropäischen Konkurrenz, die schon in den Startlöchern sitzt.«

»Wenn ich Sie richtig verstehe, liegt Ihr Problem darin, dass es im Knoblauchsland einfach nicht mehr genug Ackerland gibt, das Sie überdachen könnten«, schlussfolgerte Paul.

Deuerlein wiegte missmutig den Kopf. »Land gäbe es prinzipiell genug. Auch verkaufswillige Eigentümer. Aber ich bekomme überall nur Parzellen. Hier ein paar Hektar und dort. Nichts Zusammenhängendes, Großes.«

Paul wagte einen Vorstoß und fragte: »Da kämen Ihnen die Flächen Ihrer direkten Nachbarn gerade recht, was? Zum Beispiel die von Herrn Bruns?«

Deuerlein antwortete nicht sofort, sondern sah mit einem Mal nachdenklich aus. Mit deutlich weniger Elan antwortete er: »Es ist nicht der rechte Zeitpunkt, über Bruns und seine Äcker zu sprechen, mal abgesehen davon, dass es auch nur ein paar Hektar sind. Der Mann hat jetzt andere Sorgen.« Wieder schwieg er und hing seinen Gedanken nach. »Aber natürlich liegen Sie richtig: Wenn Bruns die Absicht hätte zu verkaufen, wäre ich der Erste, der sich melden würde.«

»Das klingt, als hätten Sie es schon einmal probiert, aber keinen Erfolg gehabt.«

»Einmal?«, fragte Deuerlein und lachte auf. »Ein Dutzend Mal! Aber Bruns ist ein Querkopf und Dickschädel – genau wie ich. Bei dem ist nichts zu holen. Ich muss mich wohl anderweitig umsehen.«

Sie setzten ihren Rundgang fort und kosteten von den Tomaten, die zu Pauls Überraschung so knackig und aromatisch schmeckten wie die in Jan-Patricks exquisiten Salaten, probierten auch von den nicht weniger geschmackvollen Paprika, bis Paul sich mit dem Versprechen verabschiedete, dass er sich seine Mitarbeit an dem Imagekatalog ernsthaft durch den Kopf gehen lassen wollte, aber keinesfalls abgeneigt sei. Deuerlein zeigte sich fürs Erste zufrieden und unterbreitete Paul einen anständigen Honorarvorschlag.

Zum Abschluss führte Deuerlein seinen Besucher durch das Metallgerippe eines gerade im Bau befindlichen Anbaus. Paul konnte nicht umhin, Deuerleins enormem Schaffensdrang Respekt zu zollen. »Sie können stolz sein auf so viel Fortschritt und Effizienz«, schmeichelte Paul dem Bauern.

Das hörte Deuerlein gern und zeigte ein aufrichtiges Lächeln. »Ja, das bin ich. Ich habe aus einem mittelgroßen Hof mit vorsintflutlicher Ausstattung, den mir mein

Vater vor 15 Jahren vermacht hat, den modernsten und umsatzstärksten Betrieb weit und breit gemacht. Neue Arbeitsplätze habe ich auch geschaffen, denn wir produzieren ja das ganze Jahr über und beschäftigen statt Saisonarbeitern aus Polen festangestellte Mitarbeiter aus der Region.«

»Dann sollten Ihnen die Politiker dankbar sein und Sie loben statt zu kritisieren«, lenkte Paul das Gespräch auf den Vorfall, dessen Zeuge er geworden war.

Deuerleins Gesichtszüge versteinerten prompt. »Ich kenne Martin Rode, seit er ein kleiner Bub war. Wir sind uns immer sympathisch gewesen, soweit man das unter Männern sagen kann. Auch Martin ist ein Mann mit klaren Zielen. Wenn er sich etwas in den Kopf setzt, dann zieht er das durch. Bisher gingen meine und seine Interessen immer in dieselbe Richtung.«

»Mit der Eintracht ist es wohl vorbei«, merkte Paul an.

Deuerlein wirkte gequält, als er ihm anvertraute: »Ich bin fest davon überzeugt, dass Martin immer noch genauso denkt wie früher. Er ist und bleibt ein überzeugter CSU-Mann, ein Konservativer eben. Aber wie heißt es so treffend: Die Politik ist ein schmutziges Geschäft. Da muss man den Leuten auch mal nach dem Maul reden, wenn es einen weiterbringt …«

»… und alte Parteifreunde opfern«, ergänzte Paul.

Deuerlein nickte betrübt. »Es sieht so aus, ja.« Gleich aber gewann er seine Souveränität zurück: »Wie auch immer! Ich werde mir das nicht bieten lassen und ihm die Stirn zeigen. Notfalls schlage ich persönlich in der Staatskanzlei auf und spreche mit Martins Chef.«

»Mit dem Minister?«, fragte Paul ungläubig.

»Selbstverständlich, ja«, sagte Deuerlein im Brustton der Überzeugung. »Der wird Martin zurück auf den Teppich holen.«

Paul bezweifelte das stark und hatte den Eindruck, dass Deuerlein die Macht, die sein früherer Weggefährte Martin Rode inzwischen erlangt hatte, weit unterschätzte. Im Zweifelsfall würde Deuerlein den Kürzeren ziehen.

»Nun ja«, gab der Bauer ein paar Schritte weiter doch noch zu, »der Tomatenwurf war vielleicht etwas übertrieben. Da ist mir ganz einfach der Kragen geplatzt. Aber es sollte ihn daran erinnern, dass er nicht immer nur tun und lassen kann, was er will.« Er reichte Paul seine Hand zum Abschied. »Lassen Sie sich mein Angebot durch den Kopf gehen. Ich erwarte Ihren Anruf.«

10

Paul hatte seinen Renault bereits gewendet, um zurück in die Stadt zu fahren, als er den Hof der Familie Bruns zu seiner Linken erkannte. Das Gehöft lag direkt an der Straße in Sichtweite von Deuerleins Gewächshäusern und bestand aus einem stattlichen, aber in die Jahre gekommenen Herrenhaus mit angeschlossenen Scheunen. Den Hof umsäumten schmiedeeiserne Gitter zwischen sandsteinernen Pfeilern.

Er vergegenwärtigte sich Deuerleins Worte, der Bruns als Starrkopf geschildert hatte. Auch von anderen Seiten hatte er inzwischen einiges eher Abträgliches über Bruns und dessen Familienverhältnisse erfahren, doch persönlich war er ihm bislang nicht begegnet. Sein Auto war schon an dem Bruns'schen Grundstück vorbeigerollt, da fasste er kurzerhand einen Entschluss. Er bremste, legte den Rückwärtsgang ein und fuhr bis zur Toreinfahrt zurück. Im Schritttempo lenkte er den Renault auf den Hof und stieg, nachdem er sich vergewissert hatte, dass kein Hofhund auf ihn lauerte, aus dem Wagen.

Er ging zur Tür des Haupthauses, von der sich der grasgrüne Lack in schmalen Streifen löste, und drückte auf einen angelaufenen Messingknopf. Er hörte die Klingel im Haus, wartete aber vergeblich darauf, dass ihm jemand öffnete. Paul klingelte noch einmal, abermals ohne Resultat.

Einen Versuch war es wert, dachte er und schlenderte zurück zum Auto. Erst jetzt fiel ihm ein weißer Mercedes-Kombi älteren Baujahrs auf, der im Schatten einer Scheune parkte. Bedeutete das, Bruns war doch zu Hause?

Paul stutzte und bemerkte im selben Moment eine flüchtige Bewegung auf der anderen Seite der Scheune. Es sah so aus, als hätte ihn jemand beobachtet, um dann blitzschnell den Kopf zurückzuziehen.

Nun wollte er es wissen! Paul strebte geradewegs auf die Scheune zu, denn auf Versteckspielen hatte er ganz bestimmt keine Lust. Er bog um die Ecke, um den Heimlichtuer zu stellen.

Doch da war niemand. Nicht einmal eine Katze suchte fauchend das Weite. Fehlanzeige.

Dann hatte er sich wohl getäuscht, gestand Paul sich ein und schrieb die Sinnesstörung der prallen Sonne zu, die ihn ausdörrte und seine Sinne benebelte. Zu Hause würde er sich als Allererstes ein großes Glas Apfelschorle einschenken!

Er machte kehrt und entfernte sich von den Gebäuden. Plötzlich nahm er erneut eine Bewegung wahr. Eine flüchtige, unscharfe Erscheinung, die er aus dem Augenwinkel sah. Dann, ehe er wusste, was vor sich ging, spürte er einen kraftvollen Griff in seinem Nacken. Pauls Körper wurde herumgeschleudert. Er versuchte dagegenzuhalten, doch seine Schuhe fanden auf dem Schotterboden keinen Halt. Im Nu war Paul aus dem Gleichgewicht geraten. Sein unbekannter Angreifer hatte leichtes Spiel: Er nutzte Pauls Orientierungslosigkeit, um ihm einen Stoß zu versetzen. Erneut taumelte Paul herum. Er bemühte sich, auf den Füßen zu bleiben. Doch das wusste der andere zu verhindern, indem er ihm ein Bein stellte.

Paul fiel um wie ein nasser Sack. Instinktiv streckte er die Hände aus, um sich auf dem Boden abzustützen, den

Aufprall abzufangen. Erst im Fallen erkannte er, dass ihn der Angreifer in Richtung einer Vertiefung geschubst hatte, die mit einer schwarzen Plastikplane überzogen war. Eine Grube, die Paul vorher nur beiläufig wahrgenommen hatte.

Paul fiel hinein, die Plane gab nach und platzte auf. Augenblicklich wurde er von einer zähen, stinkenden Masse umschlossen.

Eine Güllegrube!, schoss es Paul durch den Kopf, und er versuchte, seine Arme aus dem braunen Schlamm zu befreien. Gleichzeitig warf er seinen Kopf in den Nacken, um zu erkennen, wer ihn in das Becken gestoßen hatte. Aber zu spät: Der andere trat schon die Flucht an. Paul erhaschte nur noch einen Blick auf seinen Rücken – und eine lederne Motorradkombi!

»Bär!«, brüllte Paul den Namen seines schärfsten Konkurrenten. »Komm sofort zurück und hilf mir raus!« Zu seinem Schrecken musste er feststellen, dass er seine Beine kaum mehr bewegen konnte und schnell tiefer und tiefer sank. »Das ist nicht lustig, Axel! Komm zurück!«

Der andere aber hatte sich längst aus dem Staub gemacht. Paul hörte das Aufjaulen eines Motorrads, das schnell leiser wurde, als sich die Maschine entfernte.

»Scheiße, so eine verdammte Scheiße!«, schimpfte Paul, der bis zum Hals in der Jauche steckte, hemmungslos. Der bestialische Gestank raubte ihm fast die Sinne. Noch dazu konnten seine Füße den Boden der Grube nicht ertasten. Das bedeutete, dass er weiter sinken würde, wenn es ihm nicht gelänge, den Rand der Grube zu erreichen und sich hochzuziehen.

Paul bemühte sich, mit den Armen zu rudern, doch es wollte ihm einfach nicht gelingen, sie in der dichten

Masse zu bewegen. Jeder Versuch führte lediglich dazu, dass sein Körper noch weiter absackte. Zentimeter um Zentimeter, mit unerbittlicher Beharrlichkeit. Die stinkende Brühe reichte ihm nun schon bis zum Kinn! Die Faulgase brachten ihn beinahe um den Verstand.

»Hilfe!« Paul begann erst leise und verhalten, durch Rufe auf sich aufmerksam zu machen, dann immer dringlicher und lauter. »Hilfe! Ich bin in die Jauchegrube gefallen, ich brauche dringend Hilfe!«

Nichts rührte sich. Ein beklemmendes Gefühl des Ausgeliefertseins stieg in Paul hoch. Er versuchte es nun mit langsameren Bewegungen, doch auch diese führten zu keinem anderen Resultat, als dass er unablässig tiefer einsank. Dicht neben seinem Ohr bildete die schleimige Brühe Blasen, die glucksend zerplatzten.

Paul wiederholte seine Hilferufe, immer und immer wieder, wobei es nicht ausblieb, dass etwas von der abscheulichen Flüssigkeit in seinen Mund floss. Angeekelt spuckte er die Gülle aus, nur um gleich darauf unfreiwillig den nächsten Schluck zu nehmen. Hinzu kam, dass die widerlichen Dämpfe ihm mehr und mehr zusetzten. Alles drehte sich um ihn.

Paul konnte kaum noch atmen. Todesangst überkam ihn. Doch er war in dem braunen Schlamm gefangen, konnte sich kaum mehr bewegen. Auch wenn es ihn die letzten Kraftreserven kostete, rief er unentwegt weiter um Hilfe.

Quälend langsam verging die Zeit, bis endlich jemand auf Pauls Schreie reagierte: Ein Mann von etwa 60 Jahren in dunkelgrüner Cordhose und kariertem Holzfällerhemd beugte sich über den Grubenrand. Fassungslos starrte er Paul an, reagierte dann aber schnell. Zu Pauls

Beunruhigung entfernte er sich zunächst wieder, doch nur, um gleich danach mit einem daumendicken Seil zurückzukehren.

»Hier, halten Sie sich daran fest!«, befahl der Mann, bei dem es sich offenbar um Bauer Bruns handelte, und warf Paul das Seilende zu.

Paul setzte alles daran, seine Hände zu befreien, sank bei jeder Bewegung aber weiter ab. »Ich kann nicht!«

»Sie müssen!« Bruns ging in die Knie, um sich selbst einen besseren Halt zu geben. »Versuchen Sie es weiter!«

Paul, der kaum noch seine Nase über Wasser halten konnte, unternahm einen neuen verzweifelten Anlauf, sich aus seiner misslichen Lage zu befreien. Er spannte die Muskeln seiner Oberarme und der Schultern an, stöhnte vor Anstrengung und ließ selbst dann nicht von seinem Versuch ab, als ihm wieder ein Jaucheschwall in den Mund lief.

»Uuuaaa!« Angewidert spie er die ekelhafte Flüssigkeit aus und riss beide Arme in die Höhe. Er hatte es geschafft, doch sank er im selben Moment weiter ab. Seine letzte Energie brauchte er dafür, sich an das Seil zu klammern.

Sein Helfer zog sogleich an. Das Seil straffte sich, Paul spürte den Zug. Tatsächlich gelang es dem Mann, Paul einige Zentimeter weit aus der Brühe zu holen: Der Kopf war wieder frei!

Aber die eigentliche Arbeit lag noch vor ihnen. Denn Rumpf und Beine, die noch im Gülleschlamm steckten, boten einen wesentlich größeren Widerstand. Das Seil schnitt in Pauls Handflächen, während der Erfolg unmerklich blieb.

Bruns jedoch dachte nicht daran aufzugeben, sondern rackerte sich unermüdlich ab. Nach zähem Ringen gegen den Schlamm brachte er das Unmögliche zustande: Paul hatte den rettenden Beckenrand erreicht. Bruns bekam ihn unter den Schultern zu fassen, sodass sie den letzten Rest der Hilfsaktion mit vereinten Kräften meistern konnten. Paul hievte seinen Körper über die Kante und blieb erschöpft liegen.

Voll Dankbarkeit sah Paul zu seinem Retter auf. Bruns, ein kräftiger Kerl von gedrungener Statur und mit wettergegerbtem Gesicht, ließ trotz des hinter ihm liegenden Kraftaktes keine Erschöpfung erkennen.

Er half Paul auf und führte ihn zu einem Wandanschluss mit Wasserschlauch. Er drehte den Hahn auf und ließ den harten Strahl über Pauls dreckstarrende Kleidung prasseln. Paul sah, wie ihm eine hellbraune Suppe die Hosenbeine hinunterlief, und wandte angewidert den Kopf ab.

Nach fünf Minuten stellte der Bauer den Hahn wieder ab und betrachtete das Resultat seiner Brachialreinigung mit kritischer Miene. »Nun sehen Sie wenigstens wieder wie ein Mensch aus«, sagte er ohne jede Spur von Spott oder Schadenfreude. »Aber in mein Haus lasse ich Sie so nicht!«

Dafür brachte Paul vollstes Verständnis auf. Obwohl er völlig gerädert war von dem Schrecken und den Strapazen, hatte er es eilig, eine Frage loszuwerden: »Warum, zum Kuckuck, gibt es eine Jauchegrube bei einem Gemüsebauern?« Denn das wäre das Letzte gewesen, womit er gerechnet hätte.

Bruns zeigte auf einen dottergelb getünchten Stall im Anschluss an die Scheune. »Wir halten acht Stück

Milchvieh. Kot und Streu vermischt enthält Stickstoff und Kalisalze, die Jauche ist ein guter Dünger ...«

»Schon gut, schon gut«, meinte Paul. »Aber sie stinkt zum Himmel!«

Der Bauer baute sich vor ihm auf und musterte ihn kritisch: »Was hatten Sie überhaupt bei der Grube zu suchen? Das ist unbefugtes Betreten! Ich übernehme keine Haftung, falls Sie auf die Idee kommen, von mir Schadenersatz zu verlangen.«

»Schadenersatz? Von Ihnen bestimmt nicht, Sie haben mich ja gerettet. Schon eher von dem Scherzbold, der mir den Schubs verpasst hat.«

»Jemand hat Sie gestoßen? Wer soll das gewesen sein?«, fragte Bruns skeptisch.

Paul winkte ab. »Vergessen Sie's. Ich habe ihn nicht erkennen können. Es ging alles viel zu schnell.«

Bruns grummelte etwas Unverständliches, um sich dann zu erkundigen: »Wie wollen Sie denn heimkommen? Sind Sie mit dem Auto da? Soll ich Ihnen eine Folie geben? Für den Sitz?«

Paul war dankbar für die Hilfsbereitschaft des Landwirts, doch fragte er sich, ob Bruns wahres Interesse nicht bloß darin lag, den unliebsamen Besucher möglichst schnell wieder loszuwerden. »Eine Folie für den Sitz, ja, das wäre nett, wenn es nicht zu viele Umstände macht«, sagt er und nahm sich gleichzeitig vor, Bruns nicht von der Seite zu weichen.

»In Ordnung. Ich hole eine aus der Scheune. Warten Sie ...«

»Ich begleite Sie«, beeilte sich Paul zu sagen.

Bruns grummelte erneut und setzte sich in Bewegung.

Als sie die Scheune, eine geräumige Holzkonstruktion mit Strohlager, altem Traktor und angerosteten Pflügen und Eggen, betraten, sah Paul seinen Moment gekommen. »Weshalb ich eigentlich hier bin«, setzte er an und schwieg sogleich wieder, denn Bruns taxierte ihn mit einem Blick, der nichts Gutes verhieß.

»Ja?«, fragte er. »Warum sind Sie hier? Es geht um Frieda, habe ich recht?«

Paul nickte und musste husten, denn die Scheunenluft war staubig. »Entschuldigung. Ja, ich bin wegen Frieda gekommen. Wissen Sie: Ich bin der Fotograf, der den neuen Knoblauchslandkalender macht.«

»Ach. Sie sind das.« Bruns kniff die Augen zusammen. »Dann haben Sie sie gefunden, ja?«

»Nicht ganz. Ich war der Zweite am Tatort. Mein Beileid, Herr Bruns. Auch mir ging es sehr nahe.«

»Danke. Sind Sie deswegen hier rausgefahren?«

»Was meinen Sie?«

»Um mir Ihr Beileid auszusprechen?«

Paul griff allzu gern nach diesem Strohhalm, um das Gespräch am Laufen zu halten: »Ja, das war mir sehr wichtig. Es ist nämlich so – und ich hoffe, Sie nehmen mir das nicht übel –, dass mich Friedas gewaltsamer Tod nicht loslässt. Ich muss dauernd an diese schreckliche Tat denken. Auch wenn ich ja Frieda kaum kannte.« Paul setzte alles daran, ein überzeugendes Gesicht zu machen, als er fragte: »Was war sie denn für ein Mensch?«

Bruns plusterte die Backen auf. »Na, Sie stellen Fragen! Was wollen Sie denn von mir hören?«

»Mir würde es schon helfen, wenn Sie mir ein wenig über Ihre Tochter erzählen.«

»Erzählen? Ich? Über meine Tochter?« Der Bauer wirkte hoffnungslos überfordert. »Das kann ich nicht. Das will ich nicht. Außerdem geht Sie das auch nichts an!«

Paul ließ sich nicht abwimmeln und fragte nun sehr direkt: »Sie vermissen sie aber schon, ja?«

»Sehr sogar.« Er fasste sich an die Brust. »Es tut weh hier drin, wenn ich daran denke, dass Frieda nie wieder bei uns sein wird. Dabei war sie noch so jung. Ein junges, dummes Ding.«

»Dumm war sie sicher nicht.«

»Nein, aber einfältig. Sie hatte einfach keinen Sinn dafür, was das Beste für sie gewesen wäre. Sie hat nicht gehört, wenn ich gesagt habe: Tu dies nicht und mach das nicht.« Er holte tief Luft. »Wenn meine Frau noch leben würde, ihre Mutter ... – ja, dann wäre das alles nicht passiert. Auf sie hat sie nämlich gehört.«

»Was wäre dann nicht passiert?«, fragte Paul leise und behutsam, um Bruns nicht zu verschrecken.

»Dann hätte sich Frieda nicht mit den falschen Leuten eingelassen«, polterte der Bauer, nahm sich gleich darauf aber wieder zurück. »Ach, zum Teufel, was soll das Nachkarteln? Das macht sie auch nicht wieder lebendig.«

»Von welchen Leuten sprechen Sie, Herr Bruns?«, blieb Paul am Ball. »Spielen Sie auf Friedas Freund an?«

Bruns trat einen Schritt zurück und sah Paul aus großen Augen an. »Was, zum Teufel, geht Sie Friedas Freund an? Das hat Sie nichts zu scheren!«

»Ich dachte nur ... – könnte es nicht sein, dass der Mann in diesem Zusammenhang eine Rolle spielt? Immerhin ist er verheiratet, oder?«

Bruns Wangen liefen rot an, und Paul erkannte, dass er zu weit gegangen war.

Er rang nach geeigneten Worten, um sich zu entschuldigen, und wollte sich dann schleunigst zurückziehen, denn Bruns würde ihm ganz sicher nichts mehr sagen wollen. Doch er hatte sich getäuscht. Vor seinen Augen wandelte sich der grimmig aggressive Ausdruck des Bauern in blanke Niedergeschlagenheit.

»Ja, es ist wahr«, sagte Bruns kaum hörbar. »Was die Leute reden, stimmt. Sie hat es mir selbst gesagt.«

»Wer?«, fragte Paul, von der plötzlichen Offenheit seines Gegenübers überrascht. »Frieda?«

Bruns nickte. »Ich habe sie so lange nicht ausgelassen, bis sie es zugegeben hat.«

»Dann ist also wirklich etwas dran? Frieda war mit einem verheirateten Mann liiert! Kennen Sie seinen Namen?«

»Nein«, brummte Bruns. »Selbst wenn ich ihn wüsste, würde ich ihn Ihnen nicht auf die Nase binden. Mir hat es genügt, dass Frieda die Affäre eingestanden hat und versprochen hat, sich von diesem Mann zu trennen.«

Was? Das wurde ja immer besser, dachte Paul, versuchte aber, sich seine Euphorie nicht anmerken zu lassen. Die Trennung würde doch ein erstklassiges Tatmotiv für einen abservierten Lover liefern! »Wann war das? Wann genau hat Frieda mit ihrem Freund Schluss gemacht?«

»Ich glaube kaum, dass sie noch dazu gekommen ist«, sagte Bruns.

Bei Paul kehrte prompt Ernüchterung ein. »Sie meinen, Sie haben erst kurz vor der Tat mit ihr darüber gesprochen.«

»So ist es, ja. Am Abend davor.«

»Aber vielleicht hat Frieda ihren Freund am Sonnenblumenfeld zufällig getroffen, ihm die schlechte Nachricht überbracht und ...«, spekulierte Paul.

»Das wird die Polizei schon noch herausfinden. Aber wie gesagt, es bringt mir meine Frieda nicht zurück.« Seine Augen wurden feucht. »Ich habe meine Frau verloren, nun auch Frieda. Mit Tobias soll mir das nicht passieren. Ich möchte, dass er in Sicherheit ist, weit weg von hier. Was hat er hier noch verloren?« Er holte ein großes weißes Stofftaschentuch aus seiner Hosentasche und schnäuzte sich. »Deuerlein hat recht, wenn er sagt, dass ich mich nicht länger mit dem Hof plagen soll. Vielleicht sollte ich seinem Drängen endlich nachgeben.«

»Sie wollen verkaufen?«, wunderte sich Paul.

Bruns neigte seinen mächtigen Kopf. »Ja und nein. Das überlege ich mir jede Minute anders. Am wichtigsten ist, dass Tobias möglichst bald von hier verschwindet. Ich will nicht, dass ihm auch etwas zustößt.«

»Aber Herr Bruns, was sollte Ihrem Sohn denn passieren? Ihre Frau ist, soviel ich weiß, an einer schweren Krankheit gestorben. Bei Frieda handelt es sich möglicherweise um eine Beziehungstat. Tobias hat mit beidem nichts zu tun.«

»Was wissen denn Sie schon? Tobi hat seine Schwester geliebt. Er hat sie beschützt, seit sie klein war. Es macht ihm schwer zu schaffen, dass er nicht da war, als sie Frieda geschnappt haben.«

»Sie? Sie sprechen plötzlich von mehreren Personen?«

»Frieda war ein so offenes Mädel, viel zu gutgläubig. Sie hat die falschen Bekannten angezogen wie das Licht die Motten, hat sich in schlechten Kreisen bewegt.«

»Sie machen diese schlechten Kreise für den Tod Ihrer Tochter verantwortlich?«, versuchte Paul ihn festzunageln und hoffte nun auf einen konkreten Hinweis auf die Drogenszene.

Doch jetzt machte Bruns endgültig dicht. Er bückte sich, um eine schwarze Plastikplane von einer Egge zu ziehen. Er raffte sie mit wenigen energischen Bewegungen zusammen und presste sie Paul vor die Brust. »Hier, nehmen Sie! Für Ihren Autositz. Und jetzt lassen Sie mich allein.«

Dass Bruns keinen weiteren Besuch von Paul wünschte, brauchte er nicht auszusprechen, das böse Funkeln seiner Augen sagte alles. Wie ein verwundetes Tier, das zurück in seine Deckung kriecht, dachte Paul. Bruns hatte offenbar eine Menge zu berichten, doch letztendlich mochte er niemandem trauen. Aus Angst, abermals verletzt zu werden.

Pauls Schuhe gaben bei jedem Schritt ein schmatzendes Geräusch von sich, als er den Bruns'schen Hof mit gemischten Gefühlen verließ. Immerhin hatte sein Besuch gezeigt, dass die Suche nach Friedas Lover, aber gleichzeitig auch die Drogenspur Priorität bekommen müsste. Die ursprüngliche Annahme, dass sie es mit einem anonymen Sextäter zu tun hatten, wurde immer unwahrscheinlicher. Sollte er Katinka darauf hinweisen? Oder besser erst die Polizei, namentlich Jasmin?

Die Plane bot einen hinreichenden Schutz für das Polster des Fahrersitzes, half aber nicht gegen den erbärmlichen Gestank. Bevor sich Paul in seinen Wagen setzte, kurbelte er daher die Fenster aller vier Türen herunter. Anschließend öffnete er die Heckklappe, legte eine Pappe unter und setzte sich, um seine Schuhe aufzuschnüren. Als er sie auszog und umdrehte, ergoss sich eine bräunliche Flüssigkeit auf den Boden und bildete eine schlierige Pfütze mit einem Geruch, scharf wie Katzenpisse. Paul flog die Übelkeit an. Er konnte sich nicht dazu durchringen, die Schuhe wieder anzuziehen.

Nachdem er sich auch seiner triefnassen Socken entledigt hatte, setzte er sich hinters Steuer und ließ den Motor an. Dabei fiel sein Blick in den Rückspiegel und er sah sein völlig verdrecktes Gesicht, auch nach dem Abbrausen mit dem Schlauch noch von schwarzen Spritzern übersät. Seine Frisur war eine einzige Katastrophe, seine Haare hoffnungslos verfilzt. Die Jauche hatte sie zu Zöpfen verklebt, die ihn in einen heruntergekommenen Rastafari verwandelten.

Paul trat aufs Gaspedal, denn er wollte jetzt nur noch eines: so schnell wie möglich nach Hause und unter die heiße Dusche!

11

Er passte sie ab, als sie mit dem Rad vor dem vierstöckigen Altbau in der Campestraße vorfuhr, wo sie beide in der schnuckeligen Zwei-Zimmer-Wohnung vor vier Jahren ihre erste und einzige stürmische Liebesnacht verlebt hatten.

Jasmin trug ein fesches Adidas-Shirt und Shorts, ihr rötlich blondes Haar unter einem Käppi verdeckt. Auf dem Gepäckständer klemmte ein Volleyball.

»Sportlich, sportlich«, sagte Paul, als er sich ihr in den Weg stellte.

»Hallo, Paul. War gerade beim Training«, japste Jasmin außer Atem. »Kommst du mich etwa besuchen? Ist lange her, dass du dich das letzte Mal hierher verirrt hast.«

Paul strahlte sie an, als er verkündete: »Ich bin hier, um dir einen Tauschhandel vorzuschlagen.«

Jasmin stieg ab und musterte ihn mit aufkommendem Argwohn. »Einen Tauschhandel? Was stellst du dir darunter vor?«

»Folgendes: Der Abend in der Scheunendisco neulich ist für dich ermittlungstechnisch ja ziemlich unergiebig geblieben.«

»Ja, Paul Flemming sei es gedankt! Du bist es gewesen, der mir die Tour vermasselt hat, schon vergessen?«

»Keineswegs. Ich würde es gern wiedergutmachen, indem ich dir den Namen eines Dealers nenne, der Frieda höchstwahrscheinlich mit Stoff versorgt hat.«

»Okay, raus damit!«

»Moment, du vergisst den Tauschhandel: Ich nenne dir den Namen, du nimmst mich dafür mit, wenn du dir den Kerl vorknöpfst.«

Jasmin lachte laut auf. »Bist du von allen guten Geistern verlassen? Glaubst du, ich lasse mich von dir erpressen?«

»Nein, aber ich glaube, dass du für einen guten Deal zu haben bist.«

Jasmin schüttelte den Kopf. »Auf keinen Fall!«

»Gut«, sagte Paul und drückte ihr einen USB-Stick in die Hand. »Ich erhöhe meinen Einsatz: Auf diesem Stick findest du Fotos, die ich an Friedas Todestag geschossen habe. Im Hintergrund ist ein Radfahrer zu sehen. Ich habe ihn herausvergrößert, viel ist allerdings nicht zu erkennen. Keine Ahnung, ob es Männlein oder Weiblein ist. Aber die Jacke könnte einen Hinweis liefern: grünschwarzes Karo.«

»Mmm«, machte Jasmin. »Meinst du, unsere Techniker könnten noch mehr aus dem Bild herausholen?«

»Ich habe mit 40 Megapixeln fotografiert. Die Auflösung ist hoch, aber nicht hoch genug, um dem Radfahrer ein Gesicht zu geben. Dazu war er einfach zu weit weg. – Also: Steht unser Deal jetzt?«

»Gib's auf, Paul. Den Stick hättest du mir so oder so geben müssen. Ist deine verdammte Bürgerpflicht.«

»Sieh es mal so: Ich war einer der Ersten am Tatort, und es lässt mir keine Ruhe, den Tod dieser jungen Frau immer noch ungeklärt zu sehen. Ich kann meine Hände nicht einfach in den Schoß legen und abwarten, was passiert. Ich muss dabei sein, wenn du dir den Täter schnappst!«

»Wärst du halt selbst Polizist geworden statt Fotograf«, ließ ihn Jasmin abblitzen.

»Bitte!«

»Du nervst.«

»Bitte!«

»Unter keinen Umständen! Und hör auf, mich so anzusehen – sonst werde ich doch wieder schwach …«

Jasmin informierte ihre Kollegen im Kommissariat erst über ihren Einsatz, als sie bereits vor dem Anwesen, etwa zwei Kilometer abseits von Kraftshof gelegen, angekommen waren. Ein großes Haus mit parkähnlichem Garten, das förmlich nach Geld roch. Wohl kaum das Geld von Jo Weiß selbst, dachte Paul und mutmaßte, dass es sich um den elterlichen Besitz handelte. Vor dem weiß verputzten Gebäude parkten mehrere Kleinwagen und einige Mofas. Paul wechselte einen fragenden Blick mit Jasmin, als sie nähertraten und bemerkten, dass die Haustür mit ihren blank geputzten Messinggriffen nur angelehnt war.

»Wir sind offensichtlich eingeladen. Sehr schön, das erspart mir einen richterlichen Beschluss«, meinte Jasmin ziemlich forsch. Sie machte kein großes Federlesen, sondern drückte die Tür ganz auf und setzte einen Fuß über die Schwelle.

Die große, mit Marmorplatten ausgelegte Diele reichte bis zu einer ebenfalls geöffneten Flügeltür, die den Blick in ein mondänes Wohnzimmer und weiter bis hinaus auf eine Terrasse mit Pool freigab. Eine Vielzahl junger Leute schwankte wie in Trance herum, sie hörten Musik, tanzten mit langsamen Bewegungen, tranken. Von den Neuankömmlingen nahmen sie keinerlei Notiz.

»Riechst du das?«, fragte Jasmin und kräuselte die Nase. »Marihuana. Wenn Jo nicht kooperiert, kriegen wir ihn wegen Drogenbesitz dran.«

Sie durchquerten das Foyer, dann das Wohnzimmer, vorbei an dümmlich grinsenden Jugendlichen, offenbar durchweg stoned oder angetrunken. Auf der Terrasse mussten sie mit großen Schritten über eine Ansammlung abgestellter Cocktailgläser steigen. Am Rand des Pools lagen diverse Getränkedosen herum, Energydrinks, Prosecco, Alkopops.

»Na, sauber«, tuschelte Jasmin. »Das bestärkt mich in meiner Überzeugung, dass ich keine Kinder haben möchte.«

»Ach, möchtest du nicht?«, fragte Paul, der diese Rauschorgie zwar ebenfalls nicht guthieß, aber die Erinnerungen an seine eigene, auch nicht immer ganz harmlose Jugend nicht gänzlich verdrängt hatte.

Jasmin schob sich an einem knutschenden Pärchen und zwei dösenden Jungs vorbei, um zwei Mädchen anzusprechen, die barbusig im Pool herumalberten, aber noch bei klarem Verstand zu sein schienen. »Hey, ihr beiden!«, rief sie ihnen zu. »Wo steckt Jo?«

Die Mädels unterbrachen ihre neckischen Spielchen, zeigten nach oben und amüsierten sich gleich darauf weiter, indem sie sich gegenseitig mit Wasser bespritzten und untertauchten.

Jasmin nickte Paul zu, woraufhin beide zurück durchs Wohnzimmer in die Vorhalle gingen. Von hier aus führte eine ausladende, elegant geschwungene Treppe ins obere Stockwerk.

Auch der erste Stock zeugte von erlesenem Geschmack und vor allem von finanzkräftigen Eigentümern, denn die Ausstattung war vom Feinsten. Gleichzeitig bemerkte Paul sofort, dass auch hier die jungen Gäste Zeichen ihrer Anwesenheit gesetzt hatten: Brandflecken im Teppichboden, zwei leere Weinflaschen und ein mit Lippenstift an die Wand gemaltes Herz.

»Ich tippe, Jos Eltern sind auf Geschäftsreise oder im Urlaub«, meinte Paul. »Die werden sich freuen, wenn sie heimkommen.«

Jasmin verzog den Mund, enthielt sich aber eines Kommentars. Konzentriert und angespannt schritt sie den Flur ab und öffnete nacheinander jede Tür. Auf diese Weise erhielt Paul Einblicke in zwei akkurate Arbeitszimmer, einen Ankleideraum, ein Gästequartier und ein Badezimmer oder vielmehr eine Badelandschaft: inklusive Whirlpool, der von einem sich liebenden Pärchen in Beschlag genommen war. Als Paul noch einmal hinsah, musste er sich korrigieren: Nicht zwei, sondern drei Gäste ließen es sich im Blubberwasser gut gehen.

Die letzte Tür führte ins Schlafzimmer, ein Raum mit den Dimensionen von Pauls komplettem Atelier. Da die Vorhänge zugezogen waren, konnte er zunächst keine Einzelheiten erkennen. Er spürte mehr, als er sah, dass jemand in dem großen, breiten Bett am Kopfende des Schlafsaals lag.

Jasmin knipste das Licht – einen Kronleuchter – an: »Wer von Ihnen ist Jo Weiß?«, fragte sie mit lauter, kräftiger Stimme und hielt ihre Polizeimarke hoch.

Wie Paul jetzt sehen konnte, waren auf der mit lachsfarbenen Daunendecken ausgelegten Lustwiese zwei Kerle mit ihren Gespielinnen zugange, die gar nicht daran dachten, sich von ihnen den Spaß verderben zu lassen.

»Polizei!«, rief Jasmin, um dem Treiben ein Ende zu bereiten.

Während eines der Pärchen munter weitermachte, reagierte wenigstens eine der Frauen, eine rassige Schwarzhaarige. »Oh, fuck! Was wollt ihr von uns?«

»Genau!« Nun meldete sich auch ihr Beglücker zu Wort. »Was habt ihr in meiner Bude zu suchen?«

Bingo, dachte Paul. Auch Jasmin reagierte sofort, schnappte sich ein Paar auf dem Boden liegende Shorts und warf sie dem jungen Mann zu. »Ziehen Sie das an, Herr Weiß. Wir haben zu reden.«

»Über was, verdammt?« Er löste sich von der Schwarzhaarigen. »Ich habe nichts verbrochen, ihr Drecksbullen!«

Jasmin deutete auf einen Schminktisch, auf dem unübersehbar eine Rasierklinge, ein kleiner Spiegel und die Überreste eines weißen Pulvers lagen. »Ach nein?«, fragte sie provozierend. »Das Zeug ist illegal, wissen Sie das etwa nicht?«

»Das gehört mir nicht«, sagte Jo nun schon deutlich kleinlauter. Auch das andere Pärchen hatte nun mitbekommen, was vor sich ging. Gemeinsam mit Jos Braut schnappten sie sich Bettlaken oder Wäscheteile und trollten sich.

»Oje«, sagte Jasmin mit vorgespieltem Mitleid. Sie ließ ihren Zeigefinger durch das weiße Pulver wandern. »Kokain für eine ganze Partygesellschaft. Das ist kein Kavaliersdelikt mehr. Dafür verknackt Sie jeder Richter, selbst unterm Jugendstrafrecht kann das böse für Sie ausgehen.«

»Ich sagte doch: Das Zeug gehört mir nicht«, beharrte Jo, ein dünner Hering mit zotteligem, ins Rötliche spielendem Haar und Babyface. Er hatte es jetzt eilig, in seine Shorts zu steigen.

»Nicht?«, fragte Jasmin mit großen Augen. Sie setzte sich auf den Rand des Bettes. »Na, wenn Sie das steif und fest behaupten, wäre ich eventuell gewillt, Ihnen zu glauben. Dann könnten wir davon ausgehen, dass wir hier nur Rauschmittel in kleinen Mengen für den Eigenbedarf vorgefunden haben. Ein Klacks für jeden einigermaßen gewieften Anwalt.«

Jo atmete auf. »Ja, nur für den Eigenbedarf. Das ist gut.« Dann ahnte er, dass die Sache einen Haken haben musste, und fragte besorgt: »Aber so, wie Sie das sagen, wollen Sie etwas von mir haben. Eine Gegenleistung. Oder?«

Jasmin nickte sehr langsam. »Gut erkannt, Schlaukopf.«

Während Jasmin schwieg und lächelte, starrte Jo sie ängstlich an. »Ja, und? Wollen Sie etwa Geld von mir? Soll ich Sie bestechen?«

Jasmin grinste breit. »Ein verlockendes Angebot, Jo. Aber lassen Sie so was lieber sein, denn damit reiten Sie sich nur noch tiefer in den Dreck.«

Was auch immer Jo eingenommen hatte: Die rauschartige Wirkung auf seinen Verstand ließ zusehends nach, als ihm die Bedeutung von Jasmins Worten bewusst wurde. »Was wollen Sie dann von mir?«, fragte er nun schon recht gedrückt.

»Informationen«, brachte es Jasmin auf den Punkt. »Wir interessieren uns für das Umfeld von Frieda Bruns.«

»Das tote Mädchen«, sagte Jo matt.

»Richtig. Wir haben erfahren, dass Frieda zu Ihren Kundinnen gehörte. Was haben Sie ihr verkauft? Koks oder Heroin?«

Jo setzte sich kerzengerade auf: »Heroin? Nein! Von mir bekommen Sie so was nicht. Nur Marihuana und Crystal und so'n Zeug. Alles ganz soft, völlig harmlos.«

»Wie man's nimmt«, meinte Paul, woraufhin ihn Jasmin mahnend ansah.

Jo fühlte sich zu einer Rechtfertigung genötigt: »Ich weiß gar nicht, warum ihr euch so aufregt: Ich habe Frieda bloß einen Gefallen getan. Sie hat dank mir die Sterne berührt.«

Jasmin ging auf seine Beschönigungsversuche nicht ein, sondern fragte: »Gehörte Frieda schon länger zu Ihren Abnehmern?«

»Nein, Frieda war kein Junkie, wenn Sie das meinen. Nur ab und zu mal ein paar Pillen oder mal 'ne Linie. Aber sie hing nicht an dem Zeug, und in letzter Zeit hatte sie eh kein Interesse mehr an meiner Ware.«

»Was offenbar am Einfluss ihres neuen Freundes lag, wie wir gehört haben. Kannten Sie den Mann?«

Paul wunderte sich über Jasmins Vorstoß, denn das mit dem Freund war immer noch ein bloßes Gerücht, keine Gewissheit. Doch er musste ihr zugestehen, dass sie Erfolg mit ihrer Masche hatte: Jo lief rot an.

»Nein. Niemand kannte Friedas neuen Macker.«

»Sind Sie sicher? Sie wirken auf einmal so nervös.«

»Ist das denn nicht normal, wenn einen zwei Bullen in die Mangel nehmen?«

»Davon kann keine Rede sein. Wir unterhalten uns ja nur ganz zwanglos mit Ihnen.« Jasmin lächelte gütig, doch ihre Augen blieben kalt. »Raus damit, Jo. Was können Sie uns über diesen Mann sagen? War er etwa auch mal Kunde bei Ihnen und hat sich dann zum Drogengegner gewandelt, vom Saulus zum Paulus sozusagen?«

Jo schüttelte heftig den Kopf: »Nein, ganz bestimmt nicht! Der hat nie und nimmer was mit dem Zeug am Hut gehabt, war niemals stoned, ganz bestimmt nicht, dieser Mr. Saubermann ...«

»Mr. Saubermann also. Verraten Sie uns auch seinen bürgerlichen Namen?«

Jo schnappte nach Luft, dann presste er seine Lippen fest aufeinander.

»Nicht immer ist Schweigen Gold, Jo«, bohrte Jasmin. »Ich möchte den Namen hören. Jetzt sofort.«

Jo kämpfte sichtlich mit sich selbst. »Das kann ich nicht machen«, rang er sich ab. »Das bringt mich in Teufels Küche. Der Mann hat Beziehungen, große Macht.«

Jasmin konnte ein spöttisches Lachen nicht zurückhalten. »Das hört sich so an, als würden Sie über den Paten vom Knoblauchsland höchstpersönlich sprechen. Nur Mut, Jo, immerhin sind wir von der Polizei. Wir geben unsere Quellen nicht preis, keine Sorge.«

»Trotzdem«, beharrte Jo. »Ich sage nichts mehr.«

»Wenn das so ist.« Jasmin erhob sich mit bedauernder Miene von der Bettkante. Sie zog ihr Handy aus der Hosentasche und begann eine Nummer einzutippen. »Dann wird mir nichts anderes übrig bleiben, als meinen Kollegen von der Drogenfahndung einen heißen Tipp zu geben.«

»Nein, verdammt!« Jo sprang auf. »Stecken Sie das Handy weg. Bitte.«

Jasmin hörte auf, die Nummer zu wählen, ließ ihren Zeigefinger jedoch über dem Zahlenfeld schweben. Sie sah Jo streng an: »Sie haben es sich anders überlegt? Gut. Nennen Sie den Namen von Friedas Freund.«

Jo zitterte am ganzen Leib, als er die Bombe platzen ließ.

12

Warum vergeht die Zeit so furchtbar langsam, wenn man auf etwas wartet? Das fragte sich Paul – nicht zum ersten Mal –, während er auf dem Parkettboden seines Ateliers saß und auf das schnurlose Telefon in seiner Hand starrte. Wann klingelte es endlich?

Vor geschlagenen drei Stunden hatte er bei seinen Freunden angerufen und Nachrichten auf den jeweiligen Anrufbeantwortern hinterlassen, weil niemand persönlich an den Apparat gegangen war. Zunächst bei Jan-Patrick, anschließend bei Pfarrer Hannes Fink, zuletzt sogar bei Victor Blohfeld. Er wollte sie bitten, ihm bei seinem demnächst anstehenden Umzug zu helfen. Doch war es wohl ein Fehler gewesen, dieses Anliegen wortwörtlich aufs Band zu sprechen, denn wie es aussah, hatte niemand besonders große Lust zum Kistenschleppen. Jedenfalls blieb das Telefon still.

Während Paul wartete, kam ihm hin und wieder der Gedanke, dass er die Zeit selbst prima zum Kistenpacken nutzen könnte, anstatt apathisch auf dem Boden zu sitzen. Doch ohne jemanden, der ihm jetzt den notwendigen Tritt in den Hintern gab, fühlte er sich nicht imstande, sich aufzuraffen. Ein Umstand, der ihm viel Zeit zum Nachdenken verschaffte.

Nachdenken über einen Kriminalfall, der ihn wieder einmal vor die Qual der Wahl stellte: Sollte er sich weiter in die Sache hineinhängen oder den Dingen ihren Lauf lassen? Denn nach dem Besuch bei Dealer Jo hatte die Angelegenheit eine Wendung angenommen, die den gesamten Fall in völlig anderen Dimensionen erscheinen ließ: Bei Friedas geheimnisumwittertem Freund handelte es sich – wenn man dem dubiosen Jo Glauben schenken konnte – um keinen Geringeren als Staatssekretär Martin Rode!

Paul stand also mal wieder an dem gleichen Scheideweg, den er aus seiner ziemlich bewegten Vergangenheit schon so gut kannte: Er musste sich entscheiden, ob er seine persönliche Neugier und den Drang sich einzumischen unterdrücken sollte, um den eigentlichen Gesetzeshütern das Feld zu überlassen, zumal nun dieser Politiker im Spiel war und sich Paul durch seine nicht autorisierte Einmischung nur eine blutige Nase holen konnte. Oder aber ob er alle guten Gründe, die ihn zur Zurückhaltung mahnten, einfach in den Wind schießen sollte, um sich erneut in ein Abenteuer zu stürzen: das Abenteuer, einen Mord aufzuklären. Stoff zum Grübeln.

Doch Hand aufs Herz, dachte Paul: Er brauchte sich gar nicht lange mit diesen Gedanken zu quälen, denn im Grunde war die Entscheidung längst gefallen. In dem Augenblick, als er die tote Frieda im Sonnenblumenfeld hatte liegen sehen, war der Entschluss gefasst, dem Täter auf die Schliche zu kommen. Paul konnte gar nicht anders, als zu Ende zu führen, was er begonnen hatte. So war nun mal sein Naturell, und dagegen konnte er nicht an, egal, was für Folgen das für ihn haben würde.

Also rappelte er sich hoch, zog einen mit Staub überzogenen Pappkarton vom untersten Brett seines Bücherregals und schüttete den Inhalt auf den Parkettfußboden. Mit beiden Händen wühlte er in den herauspurzelnden Playmobilmännchen, die ihm schon oft bei der theoretischen Vorarbeit der Mördersuche geholfen hatten, und wählte die leicht lädierte Figur einer Frau im blauen Kleid aus. Er hob sie hoch, hielt sie gegen das Licht und sprach sie an:

»Was kannst du mir von dir erzählen, Frieda?«, fragte er. »Worin lag dein dunkles Geheimnis?«

Dunkles Geheimnis? Paul stutzte bei seinem eigenen Gedanken – das einzige Geheimnis, das bisher zur Sprache gekommen war, war Friedas geheim gehaltener Liebhaber – dessen Identität nun möglicherweise geklärt war. War da noch etwas anderes? Ob Rode tatsächlich die Schlüsselfigur dieses Falls abgab ... – es war noch zu früh, um sich darüber ein Urteil zu bilden.

Paul drehte die Plastikfigur zwischen seinen Fingern und musterte sie. Was war Frieda für ein Mensch gewesen? Als gutgläubig und experimentierfreudig hatte ihr Vater sie beschrieben. Hatten diese Veranlagungen sie dazu getrieben, etwas zu tun, das die Gewalt an ihr begründen könnte? Paul konnte es sich nicht vorstellen. Nach all dem, was er bisher über Frieda erfahren konnte, handelte es sich um eine ganz normale junge Frau mit den Freuden und Nöten von zahllosen Gleichaltrigen. Die wenigen Merkmale, die Friedas Leben von dem ihrer Altersgenossinnen unterschieden, waren der frühe Tod ihrer Mutter und ihr Kontakt mit der Drogenszene. Ersteres mochte der Grund dafür gewesen sein, dass sie sich angeblich zu älteren Männern hingezogen fühlte: ein unbewusster oder sogar bewusster Wunsch nach Geborgenheit und Schutz, dem jüngere Männer wohl kaum entsprechen konnten. Und die Drogengeschichte? Schwer zu sagen. Die Leute, mit denen Frieda verkehrt hatte, schätzte Paul nach seiner gemeinsamen »Razzia« mit Jasmin eher als kleine Fische ein. Jo Weiß war niemand, der eine lebenslange Haftstrafe für Mord und Totschlag riskiert hätte.

Wer konnte helfen, mehr Licht ins Dunkel zu bringen? Paul legte das Playmobilmädchen beiseite und suchte sich einen Mann mit grünen Hosen und grauen Haaren heraus. »Was kannst du mir sagen, Wilhelm Bruns?« Der Vater, der es so eilig hatte, seinen Sohn Tobias fern der Heimat zum Studieren zu schicken, anstatt das einzige verbliebene Kind nach dem Tod der Tochter umso enger an sich zu binden, hatte Paul nur die halbe Wahrheit gesagt. Paul war nicht entgangen, dass Bruns eine wichtige Information zurückhielt. Und dies nicht nur ihm gegenüber, sondern wohl auch der Polizei. Für Paul stand außer Frage, dass sich der alte Bauer ängstigte. Weniger um sich selbst als vielmehr um seinen Sohn. Doch wovor? Oder vor wem? Vielleicht ging es um eine diffuse Sorge, dass das Schicksal von Frieda auch Tobias ereilen könnte, ohne dass Bruns jemand Bestimmten unter Verdacht hatte.

Oder aber er ahnte, wer den Tod seiner Tochter verschuldet hatte. Doch: Warum legte er die Karten dann nicht offen auf den Tisch und setzte alle Hebel in Bewegung, um diesen Jemand hinter Schloss und Riegel zu bringen? Wusste er von Rode und scheute davor zurück, sich mit einem hohen Politiker anzulegen?

Vielleicht führte der Name Rode aber auch nur auf eine falsche Fährte, und in Wahrheit jagte eine ganz andere, ebenfalls einflussreiche Persönlichkeit Bruns dermaßen große Angst ein, dass er schwieg. Paul kamen Jasmins kuriose Reden von dem oder den Paten des Knoblauchslandes in den Sinn. Sie hatte das nicht wirklich ernst gemeint – aber war eine solche Möglichkeit denn tatsächlich so abwegig? Soweit Paul wusste, bestanden im Knoblauchsland sehr alte, über Jahrhunderte gewachsene Strukturen. Sämtliche Familien, die eine Rolle spielten, lebten über Generationen am selben Fleck, viele waren miteinander verwandt, verschwägert oder zumindest befreundet. Paul hätte es sehr gewundert, wenn sich im Laufe der Zeit neben den offiziellen Hierarchien nicht auch weitere, inoffizielle Machtstrukturen gebildet hätten. Wenn es zum Beispiel um größere Grundstücksgeschäfte ging, hatten sicherlich nicht nur Gemeinderäte und Ortsvorsteher das Sagen, sondern es gab auch andere Entscheidungsträger, die lieber aus dem Verborgenen agierten: die Paten, mit denen man es sich besser nicht verscherzen sollte. Je länger Paul diese Möglichkeit in Betracht zog, desto realistischer erschien ihm ein solches Szenario.

Paul theoretisierte noch eine ganze Weile weiter, während er abwechselnd einzelne Figuren zur Hand nahm und ihnen verschiedene Rollen des Kriminalfalls zuwies, ohne dass ihm jedoch eine Erleuchtung gekommen wäre. Er wollte die Playmobilmännchen schon wieder wegräumen, als er auf ein winziges Plastikfahrrad stieß. Sofort waren die am Tatort gesicherten Reifenspuren wieder präsent, und er fragte sich: Welches Playmobilmännchen hätte auf diesem Rad sitzen können – und welcher realen Person würde diese Figur entsprechen?

Als das Telefon endlich doch noch klingelte, hatte er längst nicht mehr damit gerechnet. Wer mochte es sein, der sich als Freiwilliger zum Umzugsdienst meldete? Paul tippte am ehesten auf Pfarrer Fink und meldete sich in freudiger Erwartung einer Zusage: »Ja, hallo, bereit zum Kistenschleppen?«

»Ehm, wie? – Deuerlein am Apparat. Habe ich die Nummer von Herrn Flemming gewählt oder bin ich falsch verbunden?«

Paul biss sich auf die Zunge: »Oh, Entschuldigung. Ja, Sie sind richtig verbunden. Flemming am Apparat. Was kann ich für Sie tun, Herr Deuerlein?«

»Ich rufe wegen der Fotos an, die Sie mir gemailt haben.«

»Ach, die Testaufnahmen. Denen dürfen Sie keine besondere Bedeutung zumessen. Die habe ich während unseres Rundgangs ja quasi aus dem Handgelenk gemacht. Für die Imagefotos werde ich selbstverständlich professionell ...«

Deuerlein fiel ihm ins Wort: »Großartig! Ihre Aufnahmen sind fantastisch. Ich möchte auf jeden Fall mit Ihnen ins Geschäft kommen, denn Sie haben mich überzeugt.«

»Oh.« Paul konnte mit so viel Lob schwer umgehen. »Das freut mich.«

»Bereiten Sie alles für das eigentliche Shooting vor, Sie können dafür gern einen Vorschuss bekommen. Und, ja, es wäre wichtig, dass Sie auch unsere Direct-to-the-Customer-Aktivitäten ablichten.«

»Bitte was?«

»Ach so, ja, das ist eines dieser Unworte aus dem Marketingjargon. Man muss sich vorsehen, dass man diese Ausdrücke nicht wie selbstverständlich übernimmt. Ich spreche von unserem Endverbraucherverkauf, dem Stand auf dem Nürnberger Hauptmarkt.«

»Sie möchten, dass ich Ihren Marktstand fotografiere?« Paul rief sich die Wettervorhersage in Erinnerung, die er mit Vorliebe den präzisen Prognosen der lokalen Domäne *wetterochs.de* entnahm. Demnach würde es nur noch heute und morgen schön sein, bevor ein Tief eine deutliche Abkühlung und ergiebigen Regen bringen sollte. »Wenn wir Fotos mit blauem Himmel haben wollen, sollten wir diese Aufnahmen vorziehen«, schlug Paul vor. »Wer weiß, wann wir wieder dieses optimale Wetter bekommen.«

»Gern. Wie Sie meinen«, sagte Deuerlein überschwänglich. »Sie sind der Künstler und haben das Sagen.«

Paul legte mit dem unbestimmten Gefühl auf, über Gebühr gelobt worden zu sein. Aber er bekam nicht die Gelegenheit, darüber zu reflektieren, denn das Telefon klingelte gleich darauf erneut.

»Ich bin's, Jasmin.«

»Warum flüsterst du?«, wunderte sich Paul.

»Ich rufe vom Büro aus an. Schnelleisen kann jeden Moment hereinplatzen.«

»Was liegt denn an?«

»Nichts, das ich dir am Telefon sagen könnte.«

Paul stutzte. »Weshalb rufst du dann an?«

»Weil dich der Fall Frieda doch so brennend interessiert. Es gibt Neuigkeiten. Brisante Neuigkeiten, die eine Wende bei den Ermittlungen einläuten könnten.«

»Kannst du vielleicht ein wenig konkreter werden?«

»Nein, das kann ich nicht. Wenn du mehr wissen willst, frag deine Katinka.«

»Na, toll. Erst neugierig machen und dann nichts rauslassen. Das ist nicht gerade fair.«

»Sorry, aber ich darf dir keine Details verraten. Schon gar nicht am Telefon.«

»Trotzdem unfair. Aber da du gerade dran bist: Hast du Zeit und Lust, mir beim Umzug zu helfen?«

Schweigen. Dann die klare Absage: »Du kannst mich mal, Paul Flemming.«

Nachdem Jasmin aufgelegt hatte, versuchte Paul sein Glück erneut in seinem übrigen Bekanntenkreis. Zunächst bei Boulevardreporter Blohfeld:

»Ach, Flemming, ja, ja, ich sollte zurückrufen. Bin leider noch nicht dazu gekommen. Wegen des Umzugs, ja? Das sieht ganz schlecht aus zurzeit. Gaaaanz schlecht. Wir sind unterbesetzt in der Redaktion. Auch am Wochenende muss ich Dienst schieben. Da bleibt keine freie Minute übrig. Also, nichts für ungut. – Aber ich kann gern beim Tragen helfen, wenn Sie in ein oder zwei Monaten wieder bei der Staatsanwältin ausziehen.«

Dann bei Jan-Patrick:

»Paul? Oh, das tut mir leid, dass ich noch nicht zurückgerufen habe. Ich habe so viel um die Ohren. Es ist die Hölle los im Restaurant, wir sind total ausgebucht für die nächsten Tage. Ja, und das Baby ... – habe ich dir nicht erzählt, dass Marlen ständig beim Kinderarzt ist wegen der Blähungen? Kaum eine Nacht, die wir durchschlafen können. Ich würde dir gern helfen, keine Frage, aber diese Tage sieht es ganz schlecht aus.«

Zuletzt bei Hannes Fink:

»Auf deinen alten Kumpel Fink ist Verlass, das weißt du ja. Ich habe gleich einige Termine beiseitegeschoben und mich freigemacht für meinen Freund und Nachbarn. Bei einem Umzug mal richtig zuzupacken, nichts lieber als das! Ist mal was anderes für einen Theologen. – Aber weißt du: Da hat mich vorhin doch glatt so ein verflixter Hexenschuss erwischt. Oha, das hört sich ja nach einem Ausrutscher ins Heidnische an. Sprechen wir lieber vom Ischiasnerv. Du kannst dir gar nicht vorstellen, wie das wehtut und mich körperlich einschränkt. Das Alter fordert nun mal seinen Tribut.«

Paul hätte stinksauer auf seine Freunde sein müssen. Alle wollten sich drücken, einer wie der andere. Doch seltsamerweise war er es nicht. Denn Jan-Patrick, Victor Blohfeld und Hannes Fink verschafften ihm mit ihren fadenscheinigen Ausreden noch ein wenig Aufschub. Aufschub, den er dringend brauchte, um sich Gewissheit zu verschaffen, ob er wirklich bereit war, sein heiß geliebtes Zuhause aufzugeben.

13

Jan-Patrick traute sich nicht aus seiner Küche heraus, als Paul am selben Abend im *Goldenen Ritter* erschien, um gemeinsam mit Katinka zu Abend zu essen. Das Lokal war nicht einmal zur Hälfte besetzt, trotzdem tat der Koch überbeschäftigt, wohl um seine faule Ausrede vom Nachmittag aufrechterhalten zu können und vor seinem Freund nicht das Gesicht zu verlieren.

Paul sollte es recht sein, denn so konnte er sich wenigstens ungestört mit seiner Frau unterhalten. Sie verzogen sich ins obere Stockwerk und wählten ihren Lieblingstisch in einem Erker. Marlen präsentierte ihnen die mit schwarzer Tinte handgeschriebene Tageskarte und nahm die Bestellung auf: Rehbratwürstchen auf schwarzen Linsen mit Meerrettichschaum für Katinka, Lammkeule in Honig-Senf-Kruste an Zitronenpüree für Paul.

»Ist das nicht der Hammer?«, erkundigte sich Paul nach Katinkas Meinung und spielte auf die Vermutung an, von der er ihr morgens bereits am Telefon erzählt hatte. »Staatssekretär Rode – immerhin verheiratet und Vater zweier Kinder – beginnt ein Techtelmechtel mit einer jugendlichen Landschönheit?«

Katinka gab sich zunächst ungerührt. »Meine dienstliche, aber auch private Erfahrung mit Männern hat mich gelehrt, bei derartigen Enthüllungen nicht mehr aus allen Wolken zu fallen. Frieda war volljährig, also ist aus juristischer Sicht nichts zu wollen. Delikat ist lediglich die Tatsache, dass Rode ein exponiertes öffentliches Amt bekleidet.«

»Tu mal nicht so abgebrüht«, meinte Paul. »Immerhin liefert der Hinweis auf Rode die erste wirklich heiße Spur in diesem Fall.«

Katinka sah ihn gedankenvoll an. Sie senkte den Kopf und sagte leise, beinahe flüsternd: »Die Spur ist sogar heißer, als mir lieb ist.«

»Weshalb?« Paul spürte, dass er kurz davor stand, die nächste unglaubliche Neuigkeit zu erfahren.

Und tatsächlich: Katinka vergewisserte sich, dass die wenigen anderen Gäste weit genug entfernt saßen, bevor sie erklärte: »Die Obduktion von Friedas Leichnam ist mittlerweile abgeschlossen, die Rechtsmedizin in Erlangen hat heute früh die Ergebnisse vorgelegt. Auch die Fremdspuren wurden analysiert.«

»Und? Mach es bitte nicht unnötig spannend.«

»Tja, Paul. Frieda hat wirklich großes Pech gehabt, denn auch wenn ihr Körper Spuren von Gewalteinwirkung aufweist, hat keine davon zu ihrem Tod geführt. Der Sturz auf den Stein war letztendlich ausschlaggebend, weshalb wir kaum noch von einem vorsätzlichen Mord ausgehen können. Aber was dich mehr interessieren dürfte, ist die Spurenanalyse: Das Fremdhaar, das an ihr haftete, ist eindeutig männlichen Ursprungs, so lautet das Ergebnis einer ersten gentechnischen Untersuchung. Auf weitere Details der DNA-Analyse warte ich noch, aber einen anderen wichtigen Hinweis erkennt man auch mit bloßen Augen: Das Haar entspricht in der natürlichen Farbgebung dem von Martin Rode.«

»Du meinst …«, begann Paul zu ahnen.

»Bingo! Das Mädel muss sich kurz vor ihrem Ableben mit ihm getroffen haben. Noch ist das natürlich reine Theorie, aber die lässt sich überprüfen.«

Obwohl es sich hier sicher nur um ein relativ schwaches Indiz handelte, fühlte sich Paul wie elektrisiert und knibbelte vor innerer Unruhe an der elfenbeinfarbenen Tafelkerze, die zwischen ihnen stand und ein romantisches Licht verbreitete. »Das hört sich nach einem Durchbruch an!« Er sah seine Frau aus funkelnden Augen an: »Wie willst du, oder: wie will die Polizei weiter vorgehen? Wagt ihr euch an den Staatssekretär heran? Lasst ihr einen Gentest anordnen?«

Katinka lächelte milde. »Paulchen, mein Lieber. Du bist und bleibst unverbesserlich in deiner Naivität. Oh, bitte nimm es mir nicht übel, aber so, wie du dir die Ermittlungsarbeit vorstellst, läuft es nun einmal nicht.«

Paul spürte einen leichten Stich ob dieser Vorhaltungen, versuchte sich dies aber nicht anmerken zu lassen. »Wie läuft es dann? Etwa nach dem Motto: Generalamnestie für bayerische Regierungsmitglieder?«

»Nein, Paul. Ich habe nicht vor, den bequemsten Weg zu gehen und Unannehmlichkeiten zu meiden – so gut solltest du mich kennen. Aber bislang haben wir nichts gegen Rode in der Hand, außer der Aussage eines zweifelhaften Drogendealers, der während seines Verhörs wahrscheinlich unter dem Einfluss seiner eigenen Halluzinogene stand. Jedenfalls reicht das nicht, um einen richterlichen Beschluss für eine Speichelprobe zu erwirken.«

»Du fürchtest die Rache der Staatskanzlei«, mutmaßte Paul.

»Sei bitte nicht albern. Darum geht es nicht. Ob Staatssekretär oder nicht: Sobald sich die Verdachtsmomente gegen Rode erhärten, indem wir etwa einen weiteren Hinweis auf seine Beziehung mit Frieda erhalten, wird selbstverständlich ermittelt. Und zwar ohne Ansehen von Person und Position.«

Wer's glaubt, wollte Paul kontern, der Katinka in anderen, ähnlich gelagerten Fällen schon hatte einknicken sehen. Doch er schluckte die Antwort hinunter. Schließlich hatte er nicht vor, Katinka zu provozieren. Stattdessen erkundigte er sich: »Das heißt, ihr wartet ab, was als Nächstes passiert?«

Katinka neigte den Kopf: »Bin ich dir etwa Rechenschaft schuldig? – Kommissar Schnelleisen wird diskret Rodes Alibi überprüfen.«

»Schnelleisen und diskret?« Ein Widerspruch in sich, dachte Paul, dem das tölpelhafte Auftreten des Kripomannes noch lebhaft in Erinnerung war.

Bevor sie das Thema weiter vertiefen konnten, servierte Marlen ihnen einen »Gruß der Küche«: eine ebenso ungewöhnliche wie verführerisch duftende Maissuppe mit Popcorn-Croutons.

»Guten Appetit«, wünschte die zierliche Brünette, woraufhin sich Katinka nach ihrem Baby erkundigte. Marlen strahlte vor Mutterglück und berichtete stolz, wie gut sich der Nachwuchs mausere und was für ein prima Papa Jan-Patrick doch sei.

»Wie läuft es denn nachts? Schläft eure Kleine schon durch?«, wollte Katinka wissen.

»Es wäre übertrieben, wenn ich ja sagen würde«, lächelte Marlen. »Aber ich kann mich nicht beklagen. Und Jan-Patrick ist eine große Hilfe. Er steht Gewehr bei Fuß, wenn sie sich nachts meldet.«

»Nur das Stillen kann er dir nicht abnehmen, was?«, scherzte Katinka.

»Er würde es tun, wenn er könnte. Er ist ein aufopfernder Papa«, sagte Marlen mit glücklichem Lächeln.

»Gute Voraussetzungen, um die Familie zu vergrößern.«

»Fürs Erste reicht mir das Eine«, lachte Marlen.

Paul fand es etwas beängstigend, wie intensiv sich Katinka mit Jan-Patricks Nachwuchs befasste, und hielt sich tunlichst im Hintergrund, während seine Frau eine Frage nach der anderen stellte und sich über die ausführlichen Schilderungen Marlens freute. Paul begann sich zu fragen, ob Katinka nach der längst abgenabelten Hannah insgeheim den Wunsch nach einem zweiten Kind hegte. Doch er verscheuchte diesen Gedanken, der so gar nicht in sein momentanes Zukunftsbild passte, und widmete sich lieber dem Essen.

Schlürfend, kauend und genießend suchte er nach einem Ansatz, um das vorherige Gespräch über den Mordfall Frieda wieder in Gang zu bringen und somit das leidige Thema des Umzugs noch etwas hinauszuschieben.

Katinka aber ließ das nicht zu. Wie beiläufig kramte sie in ihrer Handtasche und förderte zwei schmale Prospekte zutage, die sie vor Pauls Augen aufschlug. »Ich habe schon mal ein paar Kreuzchen gemacht. Von den Sofagarnituren gefällt mir die von Rolf Benz am besten. Schokobraunes Leder, puristisches Design. Dazu ein flacher Tisch mit mattem Glas. Bei den Schränken hat mich Hülsta am meisten überzeugt. Und wenn wir zur Essecke kommen, sollten wir ...« Sie sah auf und zog die Brauen zusammen. »Hörst du mir überhaupt zu, Paul? Immerhin geht es um unseren gemeinsamen neuen Hausrat. Der sollte schließlich beiden gefallen, oder?«

Paul schluckte schwer. »Rolf Benz, Hülsta – sind das nicht sündhaft teure Marken?«

Katinka zeigte ein sanftes Lächeln: »Paul, mein Lieber, wir sind dem Ikea-Alter doch allmählich entwachsen, meinst du nicht auch? Wir sollten uns einen Lebensstandard gönnen, der unserem Alter und unserem Status entspricht.«

Paul wurde bei dem Gedanken, dass ein Rolf-Benz-Sofa schätzungsweise so viel kostete wie ein Kleinwagen, ganz warm. »Du meinst, *deinem* Status.«

Katinka winkte ab und holte zu einer Erklärung aus. Doch das provokant forsche Auftreten eines Zeitungsverkäufers unterbrach sie.

»*Abendpost*! Die aktuellsten Nachrichten frisch aus der Druckerpresse! Wer möchte die neue *Abendpost*?«

Der Zeitungsanpreiser, wahrscheinlich ein Student, der sich etwas dazu verdiente, ging von Tisch zu Tisch, zeigte sich beharrlich und verkaufte das eine oder andere Exemplar der Boulevardzeitung. Schließlich blieb er auch vor der Erkernische stehen, in der Paul und Katinka saßen.

»Na gut, wir nehmen eine«, sagte Paul und legte einen Euro auf den Tisch, um den jungen Mann schnell wieder loszuwerden.

Dieser verabschiedete sich auch prompt. Paul wollte die Gazette zur Seite schieben und weiter mit seiner Kati plaudern, da fiel sein Blick auf die Schlagzeile:

»Mord im Knoblauchsland: Politiker unter Verdacht!«

»Was?« Jetzt hatte Paul es eilig, die Zeitung aufzuschlagen. Der Artikel zur Schlagzeile fand sich auf Seite drei und war mit der Autorenzeile Victor Blohfelds gekennzeichnet. Paul überflog den Text, in dem detailliert die Verdachtsmomente gegen einen konservativen Politiker dargelegt wurden, der in München ein gehobenes Amt bekleidet. Blohfeld nannte keine Quellen, aber es war mehr als deutlich, auf welche Person er in seinem Artikel anspielte.

Katinka beugte sich über den Tisch und las mit. »Verflucht! Woher weiß er das?«

Paul war mit dem kurzen Text inzwischen durch und stellte fest: »Immerhin schreibt er nichts von dem Haar.«

Katinka schwieg und knetete ihre Hände. »Weil er noch nichts davon wusste, als dieses Machwerk entstanden ist.« Sie holte Luft. »Weil er *von dir* noch nichts davon wusste.«

»Wie meinst du das?«, fragte Paul alarmiert.

»Es ist ja wohl offensichtlich, welche Quelle für Victor Blohfeld im Fall Frieda so ergiebig sprudelt.«

»Aber Kati, du glaubst doch nicht, dass ich … – Nein, ich habe dir neulich schon versichert, dass ich Blohfeld keinerlei Informationen zuspiele. Also, bitte, so viel Vertrauen muss sein. Immerhin: Wir sind verheiratet!«

»Ich möchte dir glauben, Paul. Nichts lieber als das!« Sie sah ihn stirnrunzelnd an. »Aber sag mir: Von wem, wenn nicht von dir, sollte Blohfeld diese ungemein vertraulichen Informationen bekommen haben? Du bist der einzige Insider außerhalb der Ermittlungsbehörde weit und breit.«

Darauf wusste Paul keine Antwort zu geben. Noch nicht.

14

Paul schlief ausgesprochen schlecht, weil ihn der Zoff mit Katinka bis tief in die Nacht verfolgt hatte. Da er sie nicht hatte überreden können, bei ihm am Weinmarkt zu übernachten, hatte sich keine Gelegenheit mehr ergeben, die Sache aus der Welt zu schaffen. Das wäre ohnehin schwer gewesen, denn Paul hatte schlichtweg keine Ahnung, weshalb und durch wen Victor Blohfeld derzeit so überaus gut informiert war. Hätte er es nicht besser gewusst, hätte auch Paul sich selbst für den Verräter halten müssen.

Früh um acht weckte er seine Lebensgeister mit zwei starken Tassen Kaffee, schnappte sich seine Kameraausrüstung und legte den kurzen, abschüssigen Weg zum Hauptmarkt zurück.

Auf dem nahezu quadratischen Platz, der von schlichten Wohn- und Geschäftshäusern aus den 1950er Jahren, dem Neuen Rathaus und der gotischen Frauenkirche umrahmt wurde und den der prächtige Schöne Brunnen als Treffpunkt und Touristenmagnet dominierte, herrschte rege Betriebsamkeit. Es war Markttag, was bedeutete, dass Landwirte, Bäcker, Metzger, Blumenhändler und Feinkostanbieter aus dem nahen und ferneren Umland ihre Verkaufswagen, Stände und Zelte auf das schwarze Kopfsteinpflaster gestellt hatten. Fein säuberlich in Reih und Glied, die meisten Stände mit den in der Marktordnung vorgeschriebenen weiß-roten Markisen oder Schirmen ausgestattet.

Paul schlenderte durch die engen Gassen, sah in den Auslagen erdverkrustete Kartoffeln, knackige Salate, erntefrisches Gemüse und Obst, Butter aus dem Fass, eine große Auswahl an Käsesorten, Wurst und Schinken, ofenfrisches Brot, Brötchen und Gebäck, Säfte, Bier und Wein, Eier, Marmelade, Honig, Nudeln und ein Meer aus farbenprächtigen Gladiolen. Im Vorbeigehen fing er die Rufe der Händler auf, die auf Deutsch mit türkischen, italienischen und osteuropäischen Akzenten ihre Waren feilboten, zwischendurch auch immer wieder in ausgeprägtem Fränkisch.

Pauls Ziel lag in Reihe drei an einem attraktiven Eckplatz direkt gegenüber der Traditionsbuchhandlung *Korn & Berg*. Deuerlein hielt schon nach ihm Ausschau und kam ihm mit ausgebreiteten Armen entgegen.

»Fein, dass Sie da sind!«, rief er. »Das Wetter hat sich gehalten, Gott sei's gedankt.« Er wies auf die Auslage in seinem Marktwagen, dem größten und modernsten, soweit Paul das beurteilen konnte. »Wir haben alles dabei, was bei uns angebaut wird«, sagte er mit Blick auf die Berge von makellos gediehenem Obst und Gemüse. Etwas leiser fügte er hinzu: »Ich habe heute unsere Hübschesten für den Verkauf ausgesucht. Machen sich gut auf den Fotos.« Er zwinkerte ihm verschwörerisch zu, woraufhin Paul die beiden wirklich attraktiven Damen hinterm Verkaufstresen anlächelte, die eine mit mediterranem Teint, nussbraunen Augen und samtglänzenden Haaren, die andere blond und vornehm blass mit kirschroten Lippen.

Paul stellte sich ihnen vor und erteilte ihnen einige Anweisungen für seine Aufnahmen. Daran, dass beide Frauen sofort wie einstudiert wirkende Posen einnahmen und gekonnt ihre Mimik spielen ließen, erkannte Paul, dass er es nicht mit Anfängern zu tun hatte. Deuerlein war eben ein Profi und überließ nichts dem Zufall.

Paul fertigte Aufnahmen aus verschiedenen Blickwinkeln an, mit und ohne Blitzlicht, gestellte Bilder ebenso wie Momentaufnahmen realer Kundenkontakte. Während er Blenden und Belichtungszeiten veränderte, Objektive wechselte und sein Stativ verstellte, wich ihm Deuerlein nicht von der Seite. Er verfolgte jeden von Pauls Handgriffen und machte ihn damit ein wenig nervös. Paul ahnte mittlerweile, dass er es bei Deuerlein mit einem Perfektionisten zu tun hatte, und fragte sich zweifelnd, ob er sich mit diesem Job einen Gefallen getan hatte.

Paul hatte die beiden hübschen Verkäuferinnen gerade aus dem Wagen gebeten und wollte sie links und rechts von einer Tomatenpyramide positionieren, als er auf das Dröhnen eines Motors aufmerksam wurde.

Motorengeräusche an sich waren am Markt nichts Ungewöhnliches, denn Zulieferer, Taxis und die Bimmelbahn für Stadtrundfahrten kamen immer mal wieder vorbei. Dieser Motor aber lief hochtourig, wurde getreten und zur Höchstleistung getrieben. Paul sah sich nach der Quelle des Lärms um, Deuerlein und die beiden Frauen taten es ihm gleich. Sie starrten alle in dieselbe Richtung, als es vom IHK-Gebäude herkommend auf sie zuraste: ein Motorrad mit aufgeblendetem Licht.

»Was zum Teufel …?«, rief Paul, als er instinktiv seine Kamera samt Stativ zur Seite nahm, um dem heranrasenden Bike auszuweichen. Das Motorrad schoss auf sie zu wie eine Rakete. Paul registrierte den Fahrer: schwarze Lederkombi, schwarzer Helm, getöntes Visier. Dann die linke Hand des Fahrers, ausgestreckt, im schwarzen Handschuh einen Gegenstand haltend. Paul erkannte eine Flamme, blinzelte, sah jetzt mehr: eine Flasche, aus der ein brennender Lappen herausragte.

Er schaltete sofort: »In Deckung!«, rief er laut, bevor er das Stativ losließ und sich flach auf den Boden warf. Fotoapparat und Objektiv zerbarsten neben ihm auf dem Kopfsteinpflaster.

Gleich darauf tat es einen Schlag. Die Thekenscheibe zersplitterte beim Aufprall der Flasche, es regnete Scherben. Wieder heulte der Motor auf. Reifen quietschten, als der Fahrer sein Bike in eine enge Kurve zwang. Er gab Gas, um auf demselben Weg zu flüchten, auf dem er gekommen war.

Lautstark fluchend rappelte sich Deuerlein auf, der ebenfalls Schutz gesucht und auf allen Vieren neben seinem Stand gekauert hatte. Die Verkäuferinnen schrien, Passanten strömten herbei, während andere das Weite suchten. Ehe Paul die Situation auch nur ansatzweise deuten konnte, schlugen die ersten Flammen aus dem Verkaufsstand.

Paul fühlte sich außerstande, etwas dagegen zu unternehmen. Er sah sich nach einem wie auch immer gearteten Hilfsmittel um, konnte aber nichts entdecken. Mit einem ohnmächtigen Gefühl musste er mit ansehen, wie das Unheil seinen Lauf nahm. Es knisterte, prasselte, Funken stoben auf, flogen fünf, zehn Meter hoch, gefolgt von dichtem, rußigem Qualm. Es stank entsetzlich nach verschmortem Plastik.

Was konnte er bloß tun, fragte er sich. Der kleine Handfeuerlöscher aus seinem Auto fiel ihm ein. Hatte denn nicht auch der eine oder andere Markthändler einen Feuerlöscher parat?

Er kam nicht dazu, danach zu fragen, denn jemand aus der Menge rief »Achtung, das Propangas!«, woraufhin die Ereignisse eine neue, unberechenbare Dynamik entwickelten. Paul wurde von einer beleibten Frau niedergewalzt. Gerade so gelang es ihm, sich wieder aufzurichten, bevor die nächsten Flüchtenden gegen ihn rempelten.

»Ich habe kein Gas im Wagen!«, rief Deuerlein gegen die aufkommende Panik an. Doch das hatte keinen Zweck, denn längst war die Lage außer Kontrolle geraten. Während Deuerleins Wagen lichterloh brannte, wurden auch die angrenzenden Stände in Mitleidenschaft gezogen. Die Leute rannten alles nieder, was ihnen im Weg stand, rutschten auf zertrampelten Birnen und Trauben aus, verbreiteten Öl und Essig aus umgekippten Zapfanlagen auf dem Boden und verwandelten die Ausstellung eines Postkartenzeichners in ein Schlachtfeld aus zerrissenem Kartonpapier und zerlaufener Tusche. Erst als das »Tatütata« der herannahenden Berufsfeuerwehr in der Ferne zu hören war, ebbte der Aufruhr allmählich ab.

Zwei Löschzüge rückten an, im Nu wimmelte es von Feuerwehrmännern mit heruntergeklappten Helmvisieren, in steifen blauen Schutzanzügen, die sie watscheln ließen wie Enten. Das bremste sie aber kaum in ihrem Tempo, bemerkte Paul, der das Szenario vom Eingangsbereich der Buchhandlung aus verfolgte, wo auch Deuerleins verängstigte Standfrauen Zuflucht gesucht hatten.

»Oh Gott, oh mein Gott!«, wimmerte eine von ihnen. »Furchtbar«, stammelte die andere mit aschfahlem Gesicht. »Stell dir vor, wir wären da noch drin gewesen …«

Lautstarke Befehle wurden gerufen, schwere Stiefel stampften über den Boden. Innerhalb kürzester Zeit war das Kopfsteinpflaster von grauen Schläuchen überzogen. Schon schoss fauchend die erste Wasserfontäne aus einer

Hochdruckspritze, gehalten von zwei Feuerwehrmännern, die sich breitbeinig gegen den Rückstoß stemmten. Auch von der anderen Seite regnete es jetzt Löschwasser, während ein dritter Trupp von hinten anrückte.

Die eben noch meterhohen Flammen hatten keine Chance gegen die geballten Wassermassen, die auf das Feuer einprasselten und sich über den Verkaufsstand ergossen. Es zischte, als würde eine Bratpfanne mit heißem Fett unter den Wasserhahn gehalten, nur viel, viel lauter.

So plötzlich wie der Spuk begonnen hatte, war er nach nicht einmal einer Viertelstunde vorbei. Die Feuerwehr hatte den Brand im Griff, einige Männer hackten mit Äxten auf das Wrack ein, löschten letzte kleine Flammennester aus geringer Distanz.

Paul sah noch immer gebannt zu: Akribisch suchten die Feuerwehrmänner nach verborgener Glut, kühlten gleichzeitig das Wrack und die traurigen Reste der benachbarten Stände. Löschwasser rann von verbogenen Blechen, tropfte auf die schwarz verkohlte Ware und verdampfte. Über allem lagen nebelartige Schleier, doch der Brand war besiegt. Es wurde zum Rückzug geblasen.

Paul war dermaßen ergriffen von der Dramatik des Geschehens, dass er eine Weile brauchte, um das eben Erlebte zu begreifen. Mit Blick auf das dampfende Leichtmetallskelett von Deuerleins Marktwagen wurde er gewahr, was er soeben – das erste Mal in seinem Leben! – gesehen hatte: den Einsatz eines klassischen Molotowcocktails!

»Gütiger Gott«, murmelte Deuerlein, der in eine Decke gehüllt auf dem Trittbrett eines Sanitätsfahrzeugs kauerte. »Ein Anschlag auf mich und mein Eigentum.

Am helllichten Tag mitten auf dem Hauptmarkt. Mafiamethoden!«

Paul, der sich neben ihm an den Wagen lehnte, pflichtete ihm bei. In seiner Lunge stach es, wohl die Nachwirkung des eingeatmeten Rauchs, sodass er sich räuspern musste, bevor er antworten konnte: »Dieser Überfall hätte wirklich besser nach Palermo gepasst als nach Nürnberg. Da wollte Ihnen jemand einen Denkzettel verpassen. Oder werden Sie etwa erpresst?«

Deuerlein sah grimmig zu ihm auf: »Soll das ein Scherz sein, junger Mann? Darüber kann ich nicht lachen. Von mir verlangt niemand ein Schutzgeld, wenn Sie das meinen. Wäre ja noch schöner!«

»Entschuldigen Sie, ich wollte Ihnen ganz gewiss nichts in dieser Richtung unterstellen. Aber ein Brandanschlag – das gibt einem eben zu denken. Bin gespannt, was die Polizei dazu sagt.«

Die Polizei, die in Gestalt etlicher Uniformierter längst vor Ort war, wurde in diesem Moment von einer durch und durch humorlosen Frau um die fünfzig verstärkt, die sich als Kripobeamtin auswies, einen Spiralblock nebst Stift aus ihrer Jacke zog und sie mit einer Reihe von Fragen traktierte.

Deuerlein gab seine persönlichen Daten zu Protokoll und erklärte, dass er vom Ablauf des Anschlags so gut wie gar nichts mitbekommen habe, da er lediglich um das Wohl seiner Mitarbeiterinnen besorgt gewesen sei und daher keine Augen für anderes gehabt habe.

»Und Sie? Was haben Sie gesehen?«, wandte sich die ruppige Ermittlerin an Paul.

Er nannte ebenfalls seinen Namen, Beruf und Adresse und schilderte seine Wahrnehmungen von dem Moment an, als er das Motorrad bei der IHK um die Ecke hatte biegen sehen.

»Beschreibung des Fahrers, Nummer des Kennzeichens?« Die Kripofrau sah ihn streng an.

»Das Nummernschild kenne ich nicht. Das ist bei Motorrädern ja hinten drauf, und als die Maschine wegfuhr, brannte der Wagen schon, sodass ich nicht mehr auf das Motorrad geachtet habe.« Paul zuckte die Schultern. »Ja, und der Fahrer ...« Erst jetzt dachte er darüber nach, wie der Fahrer ausgesehen hatte und ob es eine Chance gab, ihn zu identifizieren. »Schwarze Kombi, schwarzer Helm«, gab er nachdenklich zu Protokoll.

»Die Statur? Klein, groß, dick, dünn?«

»Er war ...« Paul stockte mitten im Satz, als ihm klar wurde, dass es sich abermals um seinen Erzrivalen Axel Bär gehandelt haben könnte. Bär, der ihm den Fotoauftrag im Knoblauchsland streitig machen wollte, ihn wahrscheinlich in die Jauchegrube auf dem Bruns'schen Hof gestoßen hatte und nun mit Brandbeschleunigern um sich warf. Paul bekam trotz der sommerlichen Temperaturen eine Gänsehaut bei diesem Gedanken, denn wenn er mit seiner Vermutung richtig lag, hatte der Brandanschlag gar nicht Deuerlein, sondern ihm selbst gegolten! Eine erschreckende Vorstellung. Nie im Leben hätte Paul damit gerechnet, dass Bär soweit gehen würde.

»Fahren Sie bitte mit der Personenbeschreibung fort«, forderte ihn die Polizistin auf.

Paul zog kurz in Erwägung, Bär an den Pranger zu liefern, entschied sich aber anders. Denn erst einmal wollte er sich selbst vergewissern. Also wich er aus: »Es ging alles so schnell. Eine genaue Beschreibung ist unmöglich. Wie Herr Deuerlein ganz richtig sagte: Wir hatten genug damit zu tun, uns und die Leute hier in Sicherheit zu bringen.«

Als sich die Kripofrau zurückzog, stieß Deuerlein ihn an und raunte ihm zu: »Sie halten doch mit etwas hinterm Berg, Herr Flemming. Ich habe es gemerkt und diese Polizistin auch. Gibt es etwas, das ich wissen müsste?«

Paul hob die Schultern, um sie gleich darauf wieder zu senken. »Gute Frage, Herr Deuerlein. Mir geht da tatsächlich ein gewisser Verdacht durch den Kopf. Aber es ist zu früh, um darüber zu sprechen. Wenn ich mehr weiß, werden Sie einer der Ersten sein, der es erfährt.«

15

Während Paul am folgenden Tag – zaghaft – damit begann, die ersten Umzugskisten zu packen, hatte er abermals viel Zeit zum Nachdenken. Mehr, als ihm lieb war, denn seine Gedanken drehten sich dermaßen schnell im Kreis, dass er den Eindruck hatte, die Dynamik müsse bald für die Entwicklung eines Hurrikans ausreichen. Ein Wirbelsturm in seinem Kopf – das hätte ihm gerade noch gefehlt.

Auweia, dachte er, ein solches Gefühlschaos nur wegen eines Umzugs? Und wieder fragte er sich: War es denn nicht das Normalste von der Welt, wenn man mit seiner eigenen Frau in einer gemeinsamen Wohnung lebte? Das musste doch ein Zustand sein, den es anzustreben galt. Darauf sollte er sich freuen und sich mit Eifer ans Werk machen. Stattdessen schaffte er es in einer Stunde nicht einmal, einen einzigen Umzugskarton vollzupacken, und plagte sich mit Zweifeln und Bedenken. Dass er am Tag zuvor nur knapp einem Anschlag auf sein Leben entkommen war, trug ganz bestimmt zu seiner allgemeinen Konfusion bei. Aber er konnte diesen Schock nicht heranziehen, um damit seine schon länger bestehende Umzugsphobie zu erklären. Paul stampfte zweimal kräftig auf den Boden. Er wurde wütend auf sich selbst, als er merkte, wie sehr er sich bei seiner Zukunftsgestaltung selbst im Wege stand.

Gott sei Dank klingelte es an der Wohnungstür. Egal, wer es war, Paul sollte jede Ablenkung recht sein. Er öffnete schwungvoll die Tür.

»Morgen!«, sagte Katinka, gab ihm einen flüchtigen Kuss und drückte ihm eine Brötchentüte und die Zeitung in die Hand. »Was guckst du denn so erstaunt? Es ist Samstag, ich habe heute frei.«

Paul bat sie herein und machte sich sogleich daran, den Frühstückstisch zu decken. »Tja, als eingefleischter Junggeselle habe ich jahrelang einfach so in den Tag hineingelebt. Aber wenn wir erst zusammenwohnen, wird es mir nicht mehr passieren, dass ich ein Wochenende vergesse.«

Katinka sah sich in dem nahezu unveränderten Atelier um, klappte den Karton auf, der einsam und allein auf dem Parkett stand, und fragte: »Willst du das denn wirklich?«

»Was?«, fragte Paul zurück, obwohl er genau wusste, worum es ging.

»Dein Loft aufgeben und mit mir zusammenziehen?«

Paul spürte, dass er jetzt nichts falsch machen durfte. Er stellte Honigglas und Butterschale ab, ging auf Katinka zu und nahm sie fest in den Arm: »Ja, Kati, ich will mit dir zusammenleben. Ich bin fest entschlossen. Es ist nur so, dass es nicht leicht ist, mit alten und liebgewonnenen Gewohnheiten zu brechen.«

Daraufhin lächelte ihn Katinka erleichtert und glücklich an. Während sie sich aufs Sofa vor den Tisch setzte und sich ein Butterhörnchen nahm, goss Paul in der Küchenzeile den Kaffee auf. »Seid ihr eigentlich wegen des Brandanschlags schon weitergekommen?«, erkundigte er sich.

»Ich will ja nicht überheblich klingen, aber Feuerlegen ist unter dem Niveau einer Oberstaatsanwältin.«

»Ja, ja, aber ich habe dir doch gestern Abend am Telefon gesagt, dass ich einen Verdacht habe. Und dass es einen Zusammenhang geben könnte mit ...«

»... mit dem Sonnenblumenmädchen. Ja, Paul, das hast du.«

»Eben! Es ist an der Zeit, endlich etwas zu unternehmen! Oder hast du meinen Sturz in die Güllegrube schon vergessen? Auch da war ein Motorrad in der Nähe, ich habe es deutlich gehört.« Paul stellte Zucker und Milch auf ein Tablett und wartete darauf, dass das Kaffeewasser durch den Filter lief. »Was gedenkst du also zu tun?«

»Nichts. Denn du hast dich auf den Falschen eingeschossen, wenn du meinst, dass dein Kollege Bär dahintersteckt. Laut Augenzeugenberichten handelte es sich bei dem Motorrad vom Hauptmarkt um eine Enduro, also eine Geländemaschine. Es reichte ein Anruf bei der Kfz-Zulassungsstelle, um herauszufinden, dass Axel Bär einen ganz anderen Typ fährt: eine Honda Silver Wing, einen gemächlichen Chopper.«

Paul sah sie über die blubbernde Kaffeemaschine hinweg an. »Bist du sicher? Ich meine: Waren sich diese anderen Zeugen sicher? In meinen Augen hätte das nämlich durchaus auch eine größere Honda sein können. Es ging ja alles ganz schnell.«

»Eben, Paul. Es ging alles ganz schnell. Zu schnell, als dass du dir sicher sein kannst. Ich an deiner Stelle würde mich auf keine zu detaillierte Aussage festnageln lassen, denn so etwas endet später vor Gericht allzu oft mit einem Verfahren wegen Falschaussage oder sogar Meineids.«

»Na, toll. Das bestärkt einen nicht gerade darin, seiner Bürgerpflicht nachzukommen«, meinte Paul, ließ sich die gute Frühstückslaune aber nicht verderben. Er stellte die Kaffeekanne ebenfalls aufs Tablett und holte zwei Tassen aus dem Schrank. Dabei summte er eine Melodie, die er jäh unterbrach, als Katinka mit Wucht auf das Sitzkissen hieb.

»Verdammt noch mal! Jetzt reicht's!«, rief sie aufgebracht.

Paul ließ alles stehen und liegen und eilte zu ihr. Er sah, wie sie mit bebendem Zeigefinger auf einen reißerisch aufgemachten Artikel auf der ersten Lokalseite der Zeitung zeigte.

»Bluttat im Knoblauchsland: Stolpert tatverdächtiger CSU-Politiker über ein verlorenes Haar?«, las Paul die Überschrift vor und suchte gleich darauf nach der Autorenzeile. Wie erwartet: Victor Blohfeld!

Katinkas Gesichtsfarbe war aschfahl, als sie Paul ansah und fragte: »Kannst du mir das erklären? Soll das munter so weitergehen? Wird dein Freund Blohfeld jeden noch so unausgegorenen Verdacht abdrucken, über den wir beide gesprochen haben?«

Die Fragen, die Katinka wie ein Trommelfeuer auf Paul abgeschossen hatte, standen noch im Raum, als beiden plötzlich wie aus dem Nichts eine Erkenntnis kam.

Paul hob die Brauen und blickte Katinka ahnungsvoll an. »Du vertraust mir doch, oder?«, fragte er bedeutungsvoll.

»Ja, auch wenn es manchmal schwerfällt und ich in den letzten Tagen echte Zweifel hatte: Natürlich vertraue ich dir. Das ist die Grundvoraussetzung für alles, was ich noch mit dir vorhabe.«

»Dann glaubst du mir, wenn ich dir sage, dass ich Blohfeld – der im Übrigen nicht mein Freund ist – keinerlei

Informationen zugespielt habe. Zumindest nicht wissentlich.«

Ein seltsamer Glanz trat in Katinkas Augen. Dann nickte sie, legte ihren Zeigefinger über ihre Lippen und zwinkerte Paul verschwörerisch zu.

Er verstand den Wink, woraufhin sich beide leise erhoben und begannen, das Atelier akribisch und lautlos nach etwas zu durchsuchen. Sie nahmen sich das Bücherregal vor, die Küche und Pauls Büroecke. Sie teilten sich auf und suchten getrennt voneinander im Bad, in der Dunkelkammer und im Flur weiter. Sie ließen sich Zeit und gingen sehr sorgfältig vor.

Nach einer knappen Stunde saßen sie wieder am Frühstückstisch. Katinka hielt eine winzige Platine in der Hand, auf die Transistoren, Widerstände, ein Chip und ein erbsengroßes Mikrofon gelötet worden waren.

»Ich habe sie hinter dem Bild dort an der Wand entdeckt«, wisperte ihm Katinka zu.

Bei dem Bild handelte es sich um die Aktaufnahme einer klassischen Schönheit mit Rubenskurven, die Paul vor etlichen Jahren angefertigt hatte. Wie er wusste, eines von Blohfelds Lieblingsfotos.

»Sollen wir?«, fragte Katinka, wartete Pauls Antwort aber gar nicht ab. Stattdessen hielt sie das Abhörgerät dicht vor ihren Mund und sprach laut und vernehmlich hinein: »Herr Blohfeld, wir haben Ihre Wanze entdeckt. Wenn Ihnen Ihr Leben in Freiheit lieb ist, kommen Sie sofort hierher. Haben Sie verstanden? Sofort!«

So reumütig hatte Paul den Reporter nie zuvor erlebt: Wie ein getretener Hund erschien er keine zehn Minuten nach Katinkas Ultimatum in Pauls Wohnung. Gebeugt, mit schlurfenden Schritten, die Augen auf den Boden gerichtet, tauchte Blohfeld auf, ließ sich ins Atelier führen, wählte den ungemütlichsten Platz auf einem abgewetzten Barhocker an Pauls Küchentheke – und schwieg.

Ganz im Gegensatz zu Katinka, die aus dem Vollen schöpfen konnte, als sie eine Kaskade der Vorwürfe losließ: »Ist Ihnen bewusst, wie vieler Vergehen Sie sich schuldig gemacht haben, Herr Blohfeld? Ich weiß gar nicht, wo ich anfangen soll! Bei Einbruch vielleicht? Denn wie sonst haben Sie die Lauschanlage in Herrn Flemmings Wohnung platzieren können? Dann die Wanze an sich: Das Abhören von Privatpersonen ist verboten, das von Amtspersonen wie mir erst recht. Sie haben vertrauliche Informationen an die Öffentlichkeit gebracht und damit die Arbeit der Justiz behindert. Sie haben …«

Weiter kam sie nicht, denn Blohfeld tauchte aus der Versenkung auf und sagte leise: »Entschuldigung.«

Pauls Unterkiefer klappte herunter. Hatte Blohfeld, die abgebrühte Hyäne, sich tatsächlich entschuldigt?

Katinka schien ebenso aus dem Konzept zu sein, doch sie fing sich schnell wieder. Sie hielt ihm die Platine vor die Nase: »Solche Apparate sind strikt verboten!«, herrschte sie ihn an.

»Was blieb mir denn anderes übrig?«, murrte Blohfeld mit nach unten gerichtetem Blick. »Ich habe zwar meine Quellen im Präsidium und im Gericht, aber die beste war bisher ein gewisser Fotograf. Doch seit Sie beide geheiratet haben, ist aus Flemming ja kein Wort mehr herauszubekommen. Da musste ich mir irgendwie helfen.«

»Aber doch nicht, indem Sie illegale Abhörtechnik einsetzen!«

Blohfeld betrachtete seine eigene Errungenschaft sorgfältig, bevor er erwiderte: »So ein Gerät können Sie bei jedem Elektronikhändler kaufen. Ich habe meines im Internet ersteigert. Für schlappe 20 Euro.«

»Trotzdem sind Wanzen verboten!«, beharrte Katinka.

»Da muss ich Sie korrigieren, Verehrteste. Man darf in Deutschland Abhörgeräte aller Art käuflich erwerben. Vom Babyfon bis zum Richtmikrofon – alles ist im freien Handel zu haben.«

Katinka bekam rote Backen. »Aber Sie dürfen diese Geräte nicht gegen den Willen anderer Leute einsetzen. Und das wissen Sie genau, Herr Blohfeld!«

Paul, dem siedend heiß bewusst wurde, dass der Reporter höchstwahrscheinlich nicht nur fallbezogene, sondern auch private Gespräche belauscht hatte, fragte: »Was haben Sie noch alles mitgeschnitten? Was steht morgen in der Zeitung über den Mord – und womöglich über das Privatleben einer gewissen Oberstaatsanwältin?«

Blohfeld verscheuchte eine anzügliche Grimasse aus seinem Gesicht, kaum dass sie sich gebildet hatte: »Nichts. Kein Sterbenswörtchen. Sowas wäre unter meinem Niveau.«

»Ach, es gibt noch eine Ebene unter Ihrem Niveau?«, fragte Katinka bissig. »Ich dachte, das wäre bereits ganz tief im Keller.«

»Was mich noch interessieren würde«, knüpfte Paul an, »sind wir denn nur hier in meiner Wohnung von Ihnen abgehört worden? Es gab doch einen Artikel über das am Tatort gefundene Haar. Wenn ich mich recht entsinne, haben Katinka und ich uns darüber im *Goldenen Ritter* unterhalten und nicht bei mir daheim – erinnerst du dich, Kati?«

Blohfeld rieb sich ertappt das Kinn. Dann ging er zielstrebig zur Garderobe und fingerte an Pauls Trenchcoat herum. Zurück kam er mit einem erbsengroßen Gebilde, das er auf seiner Handfläche präsentierte. »Die haben Sie bei Ihrer Suche wohl übersehen.«

»Das ist ja wohl die Höhe!«, rief Katinka mit schriller Stimme. »Sogar unsere Kleider sind verwanzt! Damit haben Sie endgültig verspielt, Blohfeld!«

Sie machte Anstalten, ihr Handy zu zücken, und murmelte etwas von »die Polizei verständigen«. Paul jedoch wollte eine übereilte Reaktion verhindern. Er legte Katinka sanft die Hand auf den Arm, als er sich zu einem Kompromissvorschlag aufraffte. »Sehen wir es doch mal so: Blohfeld hat mich oder uns abgehört. Das ist eine Schweinerei, egal, ob erlaubt oder unerlaubt. Aber mir kommt es nicht darauf an, irgendwelche juristischen Schritte einzuleiten. Dafür kennen wir uns einfach viel zu gut. Andererseits: Irgendeine Art der Abbitte muss er leisten, finde ich.«

Katinka hingegen wollte sich damit nicht zufrieden geben, hielt ihr Handy fest in der Hand und rechnete laut alle möglichen Höchststrafen gegen den Reporter zusammen.

Blohfeld selbst entschärfte die Situation, indem er ein zerknülltes Stück Papier aus seiner Hosentasche zog. »Lady and Gentleman«, sagte er und breitete das Papier auf dem Tisch aus. »Ist es okay, wenn ich dieses Dokument in den Ring werfe, um mich freizukaufen?«

Katinka starrte erst Blohfeld und Paul an, dann das Papier. Es handelte sich um die Kopie eines Zeitungsartikels.

»Wie ihr seht, geht es hier um Martin Rode«, holte Blohfeld aus. »Das habe ich aus dem Archiv gefischt.

Eine Personality-Story, gute drei Jahre alt. Da hat sich der Staatssekretär mal von seiner privaten, persönlichen Seite gezeigt.« Er tippte mit dem Daumen auf eines der abgedruckten Fotos. »Hier ist er mit seiner Familie zu sehen. Ein netter Papi, oder?« Er zeigte auf ein anderes Bild: »Da sitzt er an seinem Schreibtisch in München, Staatskanzlei.« Seine Hand strich über den Papierbogen und schwebte über einem dritten Bild. »Schaut mal, was er hier macht!«

Paul sah genau hin, denn Rode war auf dieser Aufnahme kaum zu erkennen, da sein Kopf zur Hälfte von einem Helm verborgen wurde. »Er fährt Rad«, stellte er fest, ohne sich im ersten Moment der Tragweite seiner Aussage bewusst zu werden.

Blohfeld nickte eifrig. »Genau! Rode fährt Rad!« Er sah sich nach Lob heischend um. »Der künftige Umweltminister tritt gern mal in die Pedale, tut dies aber am liebsten heimlich.« Nun drückte Blohfeld seinen Finger auf den fünften Absatz des Berichts. Dort stand zu lesen:

»... legt Staatssekretär Rode gern mal seine Amtswürden ab. ›Wenn ich auf dem Rad unterwegs bin, möchte ich nicht als Politiker erkannt werden‹, so Rode gegenüber unserer Zeitung. Er ziehe es vor, inkognito durch seine Stadt zu radeln, um unverfälschte Eindrücke sammeln zu können und nicht auf Schritt und Tritt von Beobachtern verfolgt zu werden. Besonders gern ist Rode in der Nürnberger Peripherie unterwegs, zum Beispiel am Schmausenbuck, in den Pegnitzauen und im Knoblauchsland ...«

Katinka schnappte nach Luft: »Sie glauben nicht ernsthaft, dass Sie sich damit aus der Affäre ziehen können?«, fragte sie aufgebracht und starrte den Reporter immer noch böse an.

»Doch«, sagte dieser unverfroren und fand zu gewohnter Stärke zurück. »Ich glaube sogar, dass dieser Archivtext den entscheidenden Hinweis liefert.«

Katinka griff sich das Papier und wedelte damit vor der Nase des Reporters. »Dieser Wisch besagt gar nichts. Nichts ist damit bewiesen!«

Blohfeld bewahrte die Ruhe. »Mag sein, mag auch nicht sein. Ich an Ihrer Stelle würde die Reifenabdrücke, die am Tatort gesichert worden sind, mit denen von Martin Rodes Rennrad vergleichen. Oder ihn eben gleich zum Gentest antreten lassen. Aber das trauen Sie sich ja sowieso nicht.«

Katinka, noch immer glutrot, fuhr ihn an: »Ich lasse mir von Ihnen nicht vorschreiben, was ich zu tun oder zu lassen habe. Ganz bestimmt nicht!«

Paul erkannte Katinkas Furcht vor einer entsprechenden Instruktion an die Kripo. Denn Rode verfügte zweifelsohne über einen heißen Draht nach ganz oben und würde ihr bei einem falschen Verdacht schwer zu schaffen machen, wenn nicht sogar ihre Karriere zerstören.

Trotzdem entschied er sich dazu, ihr Mut zu machen, dem Hinweis nachzugehen – und damit Blohfeld zwangsläufig den Rücken zu stärken.

16

Fürth, Gustavstraße: Das gemütlich einladende Flair der Kneipen-Meile passte so gar nicht zu der Umgebung, die Paul als adäquaten Wohnsitz für Axel Bär ausgesucht hätte. Doch sein momentanes Hassobjekt Nummer eins besaß offenbar genügend Stilgefühl, um eine schnuckelige Wohnung im Dachgeschoss eines der alten Fachwerkhäuser sein Eigen zu nennen.

Als Paul von seinem grimmig und vor allem argwöhnisch dreinschauenden Kollegen eingelassen wurde, relativierte sich Pauls positiver Eindruck sehr schnell wieder. Zwar war die Einrichtung relativ geschmackvoll, die vielen Poster an den Wänden aber umso geschmackloser.

»Hoppla!«, rief Paul aus, als er sich umsah. »Bei dir ist der Eintritt wohl erst ab 18 erlaubt, was?«

Bär, dessen rundlicher Körper in einer ausgewaschenen Jeans und einem zu engen T-Shirt steckte, das den Blick auf einen schmalen Streifen seines käsigen Bauchs freigab, stellte sich demonstrativ vor eines der offenbar von ihm selbst geschossenen Bilder. »Ich mache eben keine Lillifee-Bildchen für Verklemmte wie du es tust, Flemming. Wenn meine Models Probleme damit haben, sich zu zeigen, wie Mutter Natur sie schuf, dann haben sie ihren Job falsch verstanden und fliegen bei mir raus. Zackbumm!« Bär machte keine Anstalten, Paul einen Sitzplatz anzubieten, sondern fragte: »Was willst du von mir? Warum bist du überhaupt hergekommen? Ich mag keinen Besuch ohne Anmeldung.«

»Ich war gerade in der Nähe und dachte, ich schau einfach mal rein«, log Paul, der zwar auf gut Glück, aber keineswegs ungeplant nach Fürth gefahren war. Er wollte endlich für Klarheit sorgen und herausfinden, ob es sich bei Bär um den randalierenden Motorradfahrer handelte oder eben nicht.

»Ach, jetzt dämmert's mir«, kam Bär schnell selbst auf die Antwort. »Du warst es, der mir die Bullen an den Hals gehetzt hat! Du bist dir nicht zu blöd, um mich für diesen Brandanschlag am Hauptmarkt verantwortlich zu machen!«

»Und für mein Jauchebad«, ergänzte Paul.

»Das wird ja immer schöner.« Bär ballte die Hände. »Ich habe keine Ahnung, von was du redest, aber wenn du so scharf darauf bist, dich mit mir anzulegen, kannst du das haben! Komm nur her!« Er schwang seine Fäuste.

Paul hob die Hände, allerdings mit gespreizten Fingern. »Ich will mich nicht mit dir prügeln, Axel. Alles, was ich möchte, ist ein klärendes Gespräch. Zweimal ist mir von einem Mann in Biker-Kombi übel mitgespielt worden. Du bist der einzige Motorradfahrer, den ich kenne, der einen Grund dafür gehabt hätte.«

Bärs Fäuste blieben angriffslustig auf Brusthöhe gehalten. »Bloß weil wir uns wegen des Kalenders in die Haare gekriegt haben? Mach dich nicht lächerlich, Kollege! Diese Knoblauchslandbilder sind Peanuts für mich! Meine Kohle verdiene ich anders.«

Ja, mit Fotos für einschlägige Herrenmagazine, dachte sich Paul. »Dann warst du es also nicht?«, vergewisserte er sich und schaute dem anderen direkt in die Augen.

»Nein, verdammt! Das habe ich den Bullen auch

schon gesagt. Außerdem habe ich ein Alibi.« Bär trat näher an Paul heran, sodass dieser seinen säuerlichen Atem riechen konnte. »Und nun verpiss dich! Ich werde dir ganz bestimmt keinen Kaffee anbieten.«

»Hast du die Zeitungsberichte über Frieda Bruns gelesen?«, fragte Paul und ignorierte Bärs Aufforderung zu gehen.

»Nee, interessiert mich auch nicht. Ist doch klar, was drinsteht: Alle bemitleiden das arme Mädel und verteufeln den bösen Kerl, der ihr das angetan hat.«

Paul hob die Brauen. »Ja, selbstverständlich. Das ist doch nachvollziehbar.«

Bär schüttelte abfällig seinen Kopf. »Wer sagt denn, dass die Kleine nicht selbst schuld war?«

»Ach, komm mir nicht mit der abgeschmackten Version, dass sie sich zu sexy gekleidet und damit Männer provoziert hat.«

»Nee, aber vielleicht hatte sie ja ein paar Deals am Laufen. Im Radio haben sie gesagt, dass Frieda was mit Drogen zu tun hatte. Kannst du sicher sein, dass sie nicht eine kleine Gangsterbraut war?«

»Jetzt hör aber auf. Frieda ist das Opfer und nicht der Täter.«

»Ja, ja, typisch Paul Flemming. In deiner Welt gibt es nur Weiß und Schwarz. Du machst es dir zu leicht, wenn du in Frieda das Unschuldslamm siehst. Genauso gut könnte sie den ersten Schritt getan und das Unglück selbst ausgelöst haben.«

Paul wollte dieses Gerede restlos von sich weisen, doch musste er zugeben, dass Bär eine schwache Stelle an ihm identifiziert hatte: Für Paul spielte Frieda tatsächlich die Rolle einer tragischen Figur – sie war für ihn der gefallene Engel. »Mord bleibt Mord«, beharrte er trotzdem und ging zurück in den Flur.

Einem Impuls folgend blieb er allerdings am Garderobenständer neben der Wohnungstür stehen und schob mit Zeige- und Mittelfinger den Ärmel von Bärs schwarzer Motorradjacke beiseite. Dahinter tauchte eine gestreifte Fleecejacke auf. »Hast du so eine auch mit schwarzgrünen Karos?«, fragte er frei heraus.

Bär gab ihm einen Klaps auf die Hand. »Lass deine Pfoten von meinen Sachen!« Dann besann er sich und sagte: »Ich hab nichts Kariertes. Steht mir nicht. Warum fragst du überhaupt?«

»An Friedas Todestag habe ich durch Zufall jemanden aufs Bild bekommen, der mit dem Rad unterwegs war und so was trug.«

»Na sauber!« Bär starrte ihn finster an. »Und da fällt dir nichts Besseres ein, als bei mir nach der blöden Karojacke zu suchen? Du weißt doch, dass ich Biker bin und kein gottverdammter Pedaltreter.«

»Nichts für ungut«, leitete Paul seinen Rückzug ein und drückte die Türklinke.

Doch diesmal hielt ihn Bär zurück. »Wenn ich's mir recht überlege: Ich glaube, ich habe da einen Typ mit grünen Karos gesehen, neulich, als ich selbst zum Knipsen im Knoblauchsland unterwegs war.« Er runzelte seine flache, breite Stirn. »Aber der Kerl fuhr nicht Fahrrad, sondern hockte auf 'nem Trecker.«

»Auf einem Traktor, sagst du? Hast du ihn erkannt? Weißt du, wer es war?«

»Keine Ahnung. Halt irgend so'n Bauer. Was weiß ich!«

»Erinnerst du dich wenigstens an den Traktortyp oder besser noch das Kennzeichen?«

»Nenn mir einen vernünftigen Grund, warum ich darauf geachtet haben sollte.«

Paul sah ein, dass er von Bär keine weiteren Details erwarten konnte. Nachdenklich verließ er die Wohnung.

17

Während sich Paul kurz darauf auf den Weg zu Deuerleins Agrar-Imperium machte, um sich danach zu erkundigen, ob es Neuigkeiten über den Brandanschlag gab, hatte er einen nicht ganz uneigennützigen Hintergedanken: Er wollte Deuerlein eine CD mit den besten Fotos seines Gemüsestands überreichen, in der Hoffnung, dass der Großbauer zu seiner mündlichen Zusage stehen und Paul für seine Mühen entlohnen würde. Selbst wenn Deuerlein nach dem Verlust seines Verkaufswagens nun keinen Sinn mehr für die Aufnahmen hatte, wollte Paul nicht umsonst gearbeitet haben. Nicht zuletzt war bei dem Einsatz seine Kamera kaputt gegangen – der Speicherchip mit den Bildern immerhin war heil geblieben. Außerdem könnte er ihn bei dieser Gelegenheit noch ein bisschen aushorchen, denn wenn sich einer auskannte mit dem Leben im Knoblauchsland und den Befindlichkeiten seiner Bewohner, dann war es Deuerlein.

Er steuerte seinen Renault über die holprigen Wege, wich einem Traktor aus, auf dessen zwei Anhängern sich Heuballen stapelten und zu beiden Seiten überhingen, kurbelte die Scheibe hoch, um eine Abkühlung durch eine Bewässerungsanlage zu vermeiden, und verringerte das Tempo, um eine Gruppe Landarbeiterinnen passieren zu lassen, die wohl gerade mit der Ernte von Salat, Rettich oder einem anderen Vitaminlieferanten fertig geworden war.

Er wollte gerade wieder Fahrt aufnehmen, als er abermals bremsen und rechts ranfahren musste. Denn im

Rückspiegel sah er ein Motorrad heranrasen, dessen Fahrer ihm per Lichthupe zu verstehen gab, dass er überholen wollte.

Als das Motorrad vorbeischoss, glaubte Paul nicht richtig zu sehen: Geländemaschine, schwarzer Biker-Anzug – konnte es sein, dass es derselbe Kerl war? Der Brutalo und Feuerteufel? Die rasante Fahrweise sprach für diese Vermutung!

Paul hielt sich nicht mit langen Abwägungen auf, sondern trat aufs Gaspedal. Damit nötigte er seinem untermotorisierten Kleinwagen allerdings bloß ein blechernes Jaulen ab und gewann nur langsam an Fahrt. Doch auch der Biker kam auf dem gewundenen und schlaglochübersäten Weg lediglich mit gedrosseltem Tempo voran.

Tatsächlich gelang es Paul, an dem Motorrad dranzubleiben, und obwohl sich die Distanz vergrößerte, verlor er die Maschine nicht aus den Augen. Das hatte er hauptsächlich der Tatsache zu verdanken, dass die Felder nur mit niedrig wachsendem Gemüse bepflanzt waren statt mit Getreide oder Mais wie andernorts, sodass sein Blick auch in den Kurven und bei Abzweigungen unbehindert blieb.

Die Verfolgung endete schon nach fünf Minuten, als das Motorrad in ein Gehöft einbog. Paul fuhr hinterher und trommelte dabei mit seinen Fingern auf das Lenkrad, denn soeben hatte er eine neue Denksportaufgabe zugeteilt bekommen: Der Hof, vor dem er sein Auto abstellte und mit sehr gemischten Gefühlen ausstieg, war der von Wilhelm Bruns.

Paul brauchte nur durch die Toreinfahrt zu gehen und um die Ecke des Haupthauses zu biegen, um beobachten zu können, wie der Biker seine Enduro abstellte und in aller Ruhe den Helm abnahm.

Der Kopf eines jungen Mannes kam zum Vorschein, der so gar nichts mit dem teigigen Gesicht und verschlagenen Ausdruck von Axel Bär gemein hatte. Als gleich darauf Wilhelm Bruns persönlich aus dem Haus trat und den Biker mit vertrautem Klaps auf die Schulter begrüßte, hatte Paul die Identität des Fahrers längst erkannt: Tobias, Bruns' Sohn und Friedas Bruder.

Eine drückende Atmosphäre herrschte in der Diele des Bauernhauses, die gepflegt und sauber war, jedoch die persönliche Note und Anwesenheit einer Hausfrau vermissen ließ. Tobias Bruns stand verloren neben einer hüfthohen Vase mit Kunstblumen, den Helm noch immer unter den Arm geklemmt. Neben ihm sein Vater, mit breiten Beinen und vor der Brust verschränkten Armen.

Paul, der seinen Zorn auf den Motorradrüpel unterdrücken konnte, schlug einen versöhnlichen Ton an, als er sagte: »Ich habe Sie wiedererkannt, da besteht kein Zweifel. Sie waren es, der mich in die Jauchegrube geschubst hat. Und Sie haben auch die Spiritusflasche auf den Gemüsestand am Hauptmarkt geworfen. Was mich brennend interessieren würde: warum? Warum zum Teufel haben Sie das getan, Tobias?«

Der junge Mann, ein gutaussehender Bursche mit sympathischen Zügen und sehr viel Ähnlichkeit mit seiner Schwester, sah zunächst seinen Vater an, der verächtlich und ratlos zugleich die Schultern hob. Dann rang er sich eine Erklärung ab: »Das Jauchebad habe ich Ihnen verpasst, weil Sie für Deuerlein arbeiten. Weil Sie sein Spitzel sind.«

Paul sah ihn erstaunt an. »Ich soll Deuerleins Spitzel sein? Wie kommen Sie denn auf solche absurden Ideen?«

Tobias Miene verfinsterte sich, als er nachfragte: »Arbeiten Sie für ihn? Ja oder nein?«

»Nein, warum sollte ich?«, stellte Paul klar, machte dann aber das Zugeständnis: »Nun, Sie mögen in gewisser Weise recht haben, weil mich Deuerlein für einige Werbefotos engagiert hat.«

Tobias trat mit seinem rechten Motorradstiefel auf die Fliesen. »Da haben wir's! Sie sind einer von Deuerleins Lakaien! Sie erledigen für ihn die Drecksarbeit.«

»Aber, aber!« Paul hob die Hände. »Ich bin Fotograf und habe keine Ahnung, was Sie sich unter ›Drecksarbeit‹ vorstellen.«

»Das habe ich doch schon gesagt: Sie spionieren für ihn. Horchen die Leute aus. Bereiten ihm den Weg.«

»Deuerlein den Weg bereiten – wofür denn?«

»Dafür, dass er seine Tentakel weiter ausstrecken und noch mehr Grundbesitz an sich reißen kann!«, rief Tobias aufgebracht.

»Ruhig, Bub«, ermahnte ihn der Vater. »Lass dich nicht reizen.«

»Ich will niemanden reizen«, stellte Paul klar. »Aber ich lasse mich auch nicht zu Unrecht in Misskredit bringen. Reden Sie weiter, Tobias. Was haben Sie mir vorzuwerfen? Und warum haben Sie den Gemüsestand in Brand gesetzt?«

Tobias' Augen glühten, als er sich rechtfertigte: »Deuerlein und seine Schergen haben es nicht besser verdient! Er macht unserer Familie seit Jahren die Hölle heiß! Tagein, tagaus das gleiche Lied. Deuerlein übte

Druck auf uns aus. Er versuchte mit allen Mitteln, uns klein zu kriegen, alles kaputt zu machen.«

»Es geht um Ihr Ackerland, ja?«, erkundigte sich Paul. »Um Ihren Grund und Boden. Den wollte er unbedingt haben, richtig? Ist das der Auslöser dafür, dass Sie zu dermaßen rabiaten Methoden gegriffen haben?«

Tobias zögerte kurz und hob zu einer weiteren Erklärung an. Doch sein Vater kam ihm zuvor, indem er bestätigte: »Deuerlein hat es sich in den Kopf gesetzt, sich unseren Besitz unter den Nagel zu reißen, um noch mehr und noch größere Gewächshäuser für seine Hydrokulturen bauen zu können.«

Tobias legte seinen Arm um die Schulter seines Vaters. »Meine Familie hat unter diesem Druck seit geraumer Zeit gelitten. Selbst nach Friedas Tod wollte Deuerlein keine Ruhe geben, denn er kennt keine Grenzen. Aber ich wollte nicht länger mit ansehen, wie mein Vater leidet und am Ende doch noch einknickt. Ich wollte diesem Bastard einen Denkzettel verpassen. Eine Lektion, die er so bald nicht wieder vergisst.«

Paul, der die offene Beichte des jungen Mannes anerkennenswert fand, vergewisserte sich: »Sie geben also alles zu?«

»Ja, und ich stehe zu meinen Taten. Genauso wie zu den Graffitis und den eingeschmissenen Scheiben an Deuerleins Treibhäusern.«

Welche Graffitis und was für Scheiben, fragte sich Paul. Doch ehe er nachhaken konnte, ging der Vater dazwischen:

»Tobias, jetzt ist Schluss! Du bringst dich in Teufels Küche«, fuhr er seinen Sohn an. Mit ruhiger, beinahe unterwürfiger Stimme wandte er sich danach Paul zu:

»Was wollen Sie nun tun, nachdem Sie Bescheid wissen?« Er fasste nach seiner Hosentasche und beförderte ein angegriffenes ledernes Portemonnaie zutage. »Wäre es für Sie damit getan, wenn ich Ihnen als Entschädigung für die Sache mit der Jauchegrube 50 Euro gebe? Nicht? Dann sagen wir 100?«

Paul war nicht verärgert oder empört über diesen plumpen Versuch einer Wiedergutmachung, sondern eher betrübt. Der alte Bauer tat ihm leid. »Nein, Herr Bruns«, sagte er. »Das wird nicht möglich sein. So leicht lässt sich das nicht aus der Welt räumen. Vor allem der Brandanschlag kann nicht einfach unter den Tisch gekehrt werden, das muss Ihnen doch klar sein.«

»Aber das war doch nicht Ihr Schaden!«, fuhr Bruns ihn an. »Das geht Sie gar nichts an.«

»Das sehe ich anders«, meinte Paul. »Und was die Sachbeschädigung durch Graffiti und Fensterbruch anbelangt, so müssen Sie ...«

»Gar nichts müssen wir!« Bruns wirkte jetzt sehr ungehalten. »Das hat Tobias nicht getan, er ist unschuldig. Das war bloß ein dummer Streich von ...«

Tobias stellte sich zwischen seinen Vater und Paul. »Still, Papa!«, bestimmte er. »Ich weiß, dass du es gut meinst. Aber du machst alles nur schlimmer. Herr Flemming hat recht: Ich muss mich der Polizei stellen und die Verantwortung für das übernehmen, was ich getan habe.«

»Aber, Bub, tu das nicht! Sonst kommst du ins Gefängnis!« Bruns Ausruf war mehr ein Flehen. »Die werden dich nicht weiter studieren lassen. Dein ganzes Leben ist dann verpfuscht. Hör auf mich: Lass das ganze Elend hinter dir, geh weg aus Nürnberg, weit weg!«

Paul wäre am liebsten im Boden versunken, um das persönliche Drama dieser Familie nicht noch weiter anzuheizen. Doch das konnte er nicht. »Das ist keine Lösung«, sagte er schweren Herzens. »Wenn nach Tobias gefahndet wird, dann auch in jeder anderen Stadt. Weglaufen nutzt nichts. Aber ich denke nicht, dass er ins Gefängnis muss. Er ist doch nicht vorbestraft und steht wegen des Todes seiner Schwester unter einer besonderen Anspannung. Jeder Richter wird das anerkennen und mildernd in sein Urteil einfließen lassen.«

Allmählich gelang es Paul gemeinsam mit Tobias, den alten Bruns zu besänftigen. Mit gesenktem Kopf saß der Bauer ihnen gegenüber auf einem einfachen hölzernen Schemel.

»Gut. Ich gebe mich geschlagen. Ich weiß nicht, ob es richtig ist nachzugeben, aber ich will auf Sie hören«, sagte er mit gebrochener Stimme.

»Das ist kein Aufgeben«, tröstete Paul. »Es hat eben wenig Sinn, immer nur mit dem Kopf gegen die Wand zu rennen.«

»So bin ich nun mal.«

»Das ehrt Sie ja auch, wenn Sie so für Ihren Sohn kämpfen. Aber glauben Sie mir: Am Ende ist es für alle besser, wenn Sie beide mit den Behörden kooperieren.«

Sie kamen darin überein, dass sich Tobias aus freien Stücken stellen und künftig nichts mehr gegen Deuerlein unternehmen würde.

»Es wäre ja eh zwecklos weiterzumachen«, meinte Bruns niedergeschlagen. »Deuerlein hat gewonnen, ich habe keine Lust mehr, mich zu plagen und zu ärgern.« Er sah seinen Sohn aus müden Augen an. »Ich werde verkaufen, Tobias. Für einen Teil des Geldes suche ich mir eine kleine Wohnung. Den Rest bekommst du.«

»Papa!« Tobias wurde blass. »Du darfst den Kampf nicht aufgeben! Der Hof ist dein Ein und Alles!«

Bruns senkte erneut den Blick. »Nein. Mein Ein und Alles, das waren Frieda – und du.«

Als Paul ging und die beiden mit ihren Sorgen, Nöten und Bürden allein ließ, konnte er sich des Gefühls nicht erwehren, dass ihm trotz des langen und klärenden Gesprächs etwas Wichtiges entgangen war.

Beim Verlassen des Bauernhauses kam er an einer rustikalen Anrichte vorbei, auf der nicht weniger als vier gerahmte Fotos von Frieda standen. Aus der Art der Ausleuchtung und des Hintergrunds schloss Paul, dass es sich um professionelle Aufnahmen aus einem Fotostudio handelte. Die Bilder zeigten Frieda in einem grauen, schulterfreien Shirt, auf zweien trug sie eine flotte schwarze Lederjacke darüber, auf einem anderen einen neckischen, grau-weiß gestreiften Trilby-Hut, unter dem ihre feingelockten, fuchsroten Haare hervorquollen. Paul verharrte einen Moment vor den Bildern und stellte fest, wie anmutig Frieda auf den Fotos herüberkam. Ihr schmales, zartgeschnittenes Gesicht hatte engelhafte Züge, die gerade Nase, der vornehm kleine Mund und die feinen Bögen ihrer Brauen verstärkten diesen Eindruck. Am meisten faszinierten Paul ihre Augen, deren Farbe sich wohl am ehesten mit der von Bernstein vergleichen ließ.

Auf einem der Bilder, auf dem Frieda die Lederjacke trug, hatte sie eine besonders forsche Pose eingenommen: Den Oberkörper nach vorn gebeugt, die Arme angewinkelt und die Hände in die Hüften gestemmt, sah sie direkt in die Kamera. Ihr Blick wirkte aufgeweckt und neugierig, lebenshungrig und energisch. Eine auffallend hübsche und adrette junge Frau, die so gar nichts von der dickschädeligen Art ihres Vaters zu haben schien, dachte Paul.

Er riss sich von der Fotogalerie los, verließ das Bauernhaus und stieg in seinen Renault. Geistesabwesend fuhr er los.

Während der Fahrt ließ er sich die Unterhaltung mit Vater und Sohn noch einmal durch den Kopf gehen, wobei auch immer wieder die Bilder der Verstorbenen vor seinem geistigen Auge auftauchten.

Er stand bereits an der Ampelkreuzung zur Erlanger Straße, als ihm ein Teil des Gesprächs bewusst wurde, der ihn im Nachhinein stutzig machte: nämlich der Moment, in dem Tobias von Graffitis und zerbrochenen Scheiben geredet hatte und von seinem Vater augenblicklich zurückgepfiffen worden war. Denn damit habe Tobias nichts zu tun gehabt, meinte der Senior. Nun fragte sich Paul, wer es denn dann gewesen war, der mit Sprayflasche und Pflastersteinen auf Deuerleins Gewächshäuser losgegangen war. Der alte Bruns selbst? Wohl kaum. Schon eher … – seine Tochter Frieda!

Kaum hatte Paul diesen Gedanken zu Ende gesponnen, wurde ihm die Tragweite seiner Erkenntnis bewusst: Wenn Frieda tatsächlich für den Hof ihres Vater gekämpft hatte und dem anmaßenden Nachbarn mit den Methoden der Stadtguerilla auf den Leib gerückt war, musste das Deuerlein gestört haben. Mehr als das: Wenn er Deuerlein richtig einschätzte, hätte er sich Angriffe dieser Art nicht lange bieten lassen. Er hätte die

Bruns-Kinder unverzüglich angezeigt, sobald er ihnen auf die Schliche gekommen wäre. Oder aber … – Paul wog ab, ob Deuerlein die nötige Skrupellosigkeit besäße, zu härteren Methoden zu greifen. Etwa zu Mord?

Aber nein! Paul lachte über seine eigenen einfältigen Gedanken. Aus welchem Grund sollte Deuerlein ein solches Wagnis eingehen, musste er doch damit rechnen, erwischt zu werden und alles zu verlieren: sein Leben in Freiheit, sein Ansehen und all seine großen Gewächshäuser. Nein, nein, diese Dummheit traute Paul dem Großbauern nicht zu. Zumal er sich nicht sicher hätte sein können, durch Friedas Tod den Willen des alten Bruns wirklich zu brechen: Zur Einschüchterung hätte es sicher gereicht, aber eine Garantie auf Erfolg hätte er damit nicht bekommen.

Ein Hupkonzert, das hinter Paul einsetzte, weil die Ampel längst grünes Licht zeigte, riss ihn aus seinen Überlegungen. Er legte den Gang ein, fuhr über die Kreuzung und bog auf den Parkplatz des Metro-Großhandelsmarktes ab. Dort stellte er den Motor ab, kurbelte den Sitz zurück und setzte seine Grübeleien fort. Denn egal, welche Rolle Deuerlein spielte und was Vater und Sohn Bruns noch alles an Überraschungen aufzubieten hatten, es existierte höchstwahrscheinlich ein Zusammenhang zwischen den Landspekulationen und Friedas Aktivitäten in ihren letzten Lebenswochen.

Dies war ein Faktor, den Paul nicht für sich behalten wollte. Er wühlte im Handschuhfach nach seinem Handy und gab Katinkas Nummer ein. Sie meldete sich erst nach dem fünften Tuten und klang kurz angebunden. Paul wollte sein Anliegen vorbringen, ohne zu weit auszuholen.

Doch seine Frau unterbrach ihn schon nach den ersten Worten: »Später mehr, Paul. Ich habe keine Zeit. Bei mir brennt's unterm Dach.«

»Aber Kati, meine Informationen könnten wichtig sein für deinen Fall.«

»Genau wegen dieses Falls kann ich jetzt nicht mit dir sprechen. Wir stehen kurz vor der Lösung. Später mehr.«

»Katinka, hör mir bitte zu. Ich habe …« Paul hörte auf zu reden, als er merkte, dass Katinka aufgelegt hatte.

Wäre er dem ersten Impuls gefolgt, hätte er das Handy in den Fußraum geschmissen und wäre vielleicht sogar kräftig draufgetreten. Doch Paul wusste sehr wohl, dass Katinka es nicht gern hatte, wenn sie im Büro durch Privatgespräche gestört wurde. Noch dazu, wenn sie im Stress war.

Sein kurzzeitig aufgeflammter Zorn wich schnell der Neugierde: Zu gern hätte er gewusst, welchen entscheidenden Schritt Katinka im Fall Frieda vorangekommen war. »Wir stehen kurz vor der Lösung«, hatte sie gesagt. Wie mochte diese Lösung aussehen?

Um seinen eigenen neuen Verdacht doch noch mit jemandem teilen zu können und mit etwas Glück gleichzeitig etwas über die Fortschritte bei den Ermittlungen herauszufinden, wählte er als nächstes Jasmin Stahls Nummer.

»Ja?«, meldete sich die Kommissarin und wirkte nicht gesprächiger als seine Frau. »Was gibt's, Paul? Mach's kurz, ich bin in Eile.«

»Schon gut, schon gut«, sagte er, »ich bin es ja gewohnt, dass man mich abspeist und auf später vertröstet. Aber verrat mir wenigstens, was es denn so Tolles gibt, das euch alle auf Trab hält.«

»Euch alle?« Argwohn schwang in Jasmins Stimme mit. »Ach, du hast wohl schon mit deiner Kati gesprochen. Na ja, dann kennst du ja das Dilemma. Es ist unbegreiflich, dass die Metzger das übersehen konnten.«

»Metzger?« Paul konnte ihr nicht folgen.

»Du weißt schon: die Pathologen. Als sie das Mädchen auf den Tisch bekommen haben, waren sie nur darauf fixiert, nach der Todesursache zu forschen.«

»Das ist ja wohl auch das Wichtigste, oder?«

»Klar. Aber das sollte sie nicht blind für andere entscheidende Kleinigkeiten machen.«

»Was meinst du mit Kleinigkeiten?« Paul schwante etwas.

»Eine Kleinigkeit, die ein Leben verändert – und ein Mordmotiv liefern könnte.«

»Frieda erwartete ein Baby?«, platzte es aus Paul heraus.

»Korrekt. Das Mädel war schwanger. Ungefähr in der 14. Woche. Für eine Abtreibung wäre es reichlich spät gewesen. Nun verstehst du vielleicht meine Wut: Ausgerechnet *das* haben die Metzger verpennt! Auf meine Beschwerde hin redeten sie sich damit heraus, dass sie es zwar zunächst tatsächlich übersehen, aber schon bei der ersten Nachuntersuchung festgestellt hätten. Die Info wäre dann wohl unterwegs hängengeblieben. Ich hielt das zunächst für eine fadenscheinige Ausrede, doch es stimmte tatsächlich. Kaum zu glauben, aber wahr: Der Befund schlummerte ungelesen und unbeachtet auf dem Schreibtisch meines Chefs, des werten Herrn Hauptkommissar Schnelleisen. Was meinst du, was deine Frau dem für ein Höllenfeuer unter seinem breiten Beamtenarsch machen wird …«

»Moment, Moment!«, stoppte Paul ihren Redefluss. »Du meinst, Friedas Schwangerschaft könnte ihren Tod erklären? Könnte es sein, dass jemand sie zu einem Abbruch zwingen wollte? Und dieser Jemand ist der Mörder?«, sprudelte es aus Paul heraus.

»Ich dachte, du hast schon mit der Oberstaatsanwältin gesprochen?« Jasmin klang nun verhaltener. »Dann weißt du doch, dass Rode im Kreuzfeuer steht – oder stehen sollte. Genau das macht es nämlich so schwierig: Schnelleisen, mein Chef, treibt uns alle in den Wahnsinn. Er verlangt völlige Gewissheit, bevor er ernsthafte Schritte gegen einen Staatssekretär einzuleiten bereit ist. Ohne eine klare Ansage der Staatsanwaltschaft setzt der keinen Fuß in Rodes Haus.«

»Wie wäre es mit einem Gentest? Das ist doch heutzutage gängige Praxis«, schlug Paul vor.

Ein Lachen schallte durch den Hörer. »Gentest? Bist du verrückt? Kein Richter erteilt uns dafür die Befugnis! Dafür haben wir viel zu wenig in der Hand.«

»Was könnt ihr denn sonst unternehmen?«

»Mit einem Vergleich der Reifenspuren hätten wir zumindest einen Fuß in der Tür. Eine solche Untersuchung könnten wir dem Staatssekretär unterjubeln, indem wir angeben, dass sämtliche Radprofile der Anwohner im weiteren Umfeld überprüft würden.«

»Ja, das wäre eine Möglichkeit.«

»Die aber nur zum Erfolg führt, wenn nichts von Friedas Schwangerschaft an die Öffentlichkeit gelangt. Also: pssst! Aber das hat dir deine Braut ja sicherlich schon eingeschärft.« Jasmin hielt kurz inne, bevor sie sich erkundigte: »Warum rufst du eigentlich an? Gibt es was Besonderes?«

Paul zögerte. »Ja, äh, nein. Es ist nicht mehr so wichtig.«

»Na dann, mach's gut. Ich muss jetzt Schluss machen. Schnelleisen steht vor der Tür.«

18

Da seine Eltern Autotouren zunehmend scheuten und ihn nur noch selten in Nürnberg besuchten, hatte er es sich zur Angewohnheit gemacht, in mehr oder weniger regelmäßigen Abständen nach Herzogenaurach zu fahren.

Paul parkte nahe dem holzverkleideten Häuschen in unmittelbarer Nachbarschaft zum Sportplatz der Turnerschaft und malte sich auf dem kurzen, schmalen Schotterweg bis zur Haustür aus, was er mit Hertha und Hermann unternehmen könnte: einen kleinen Stadtbummel vielleicht, die Hauptstraße zwischen den beiden Stadttürmen entlangschlendern, anschließend ein Eis auf dem Marktplatz genießen oder einen Kuchen auf der schönen Terrasse des Ratskellers, was seine Mutter wohl bevorzugen würde. Das Wetter passte jedenfalls, das angekündigte Tief hatte sich nicht durchsetzen können.

Paul kam nicht mal ansatzweise dazu, seinen Vorschlag zu unterbreiten, da hatte ihn Hertha aus dem Küchenfenster schon erspäht, riss kurz darauf die Tür auf und zog ihn ins Haus. Dort leitete sie ihn durch Flur und Esszimmer tunlichst an der Sofaecke vorbei, wo sein Vater saß.

»Komm erst mal mit auf die Veranda, mein Junge. Vati sieht fern, es reicht, wenn du ihn später begrüßt. Er hätte sonst sowieso nur neue Arbeit für dich. Meint, dass der Jägerzaun mal wieder gestrichen werden muss.«

Paul tat, wie ihm geheißen, und nahm in der bunt geblümten Hollywoodschaukel mit Blick auf den weitläufigen Garten und die angrenzenden Bäume des

Donwaldes Platz. »Wo hast du denn deine Katinka gelassen? Immer kommst du allein. Das gehört sich nicht für ein frisch vermähltes Paar.«

»Aber Mutti, du weißt, dass Katinka schwer beschäftigt ist in ihrem Job. Vielleicht klappt's mal am nächsten Wochenende.«

»Nein, nein, du kannst deiner Mutter nichts vormachen. Die Heirat hat in euren Leben nichts verändert, weder in deinem noch in Katinkas. Jeder schaut nur auf sich selbst.« Ihre kleinen dunklen Augen waren voll des Vorwurfs. »Ihr wohnt doch immer noch nicht zusammen, gell? Drei Monate nach der Hochzeit noch immer getrennte Betten.«

»Nun ja, so würde ich das nicht sagen. Mal übernachte ich bei ihr, mal sie bei mir.«

»Und mal bleibt jeder für sich allein. Lass dir sagen, Bub: So klappt das nie und nimmer mit dem Kinderkriegen.«

Paul begann, stärker zu schaukeln. »Ich habe dir schon einmal gesagt, dass wir andere Prioritäten in unserem Leben setzen, schließlich sind wir ja nicht mehr die Jüngsten. Ein für allemal: Kati und ich sind zusammen, weil wir uns lieben, nicht unbedingt, um eine Familie zu gründen. Zumal sie mit Hannah ja schon eine tolle Tochter hat.«

»Das ist nicht das Gleiche«, fegte Hertha seinen Einwand resolut hinweg. »Hermann und ich wünschen uns Enkelkinder, die von dir stammen. Hannah ist ein patentes Mädel, aber sie ist aus dem Alter raus, in dem man noch Oma und Opa braucht.«

Für Paul musste es klar sein, dass es keinen Zweck hatte, länger gegen seine Mutter zu argumentieren. Sie hatte ihre festen Ansichten, von denen sie sich nicht abbringen ließ, und wenn man noch so viel Energie aufwandte, um sie umzustimmen. Daher lenkte er das Gespräch auf den Mord im Knoblauchsland, wusste er doch, dass Hertha seine Vorliebe für das Kriminalisieren durchaus teilte. Er brachte sie auf den aktuellen Stand und meinte: »Mittlerweile glauben sie, dem Täter auf der Spur zu sein.«

»Ja, ja, ich hab's in der Zeitung gelesen. Soll einer aus der Politik gewesen sein«, sagte sie missbilligend. Paul war sich nicht sicher, ob diese Missbilligung dem Personenkreis der Politiker im Allgemeinen galt oder ob sie – ohne dass es ihr Paul gesagt hätte – bereits von der konkreten Person wusste.

Weder noch, wie sich herausstellte, als Hertha fortfuhr: »Ich glaube das nicht. So ein Großkopferter ist doch nicht blöd. Wenn der sich mit einem jungen Ding einlässt und es anschließend wieder loswerden will, kennt der andere Mittel und Wege als Mord. Wenn gar nichts hilft, gibt er seinen Fehltritt einfach zu, entschuldigt sich öffentlich und gelobt gegenüber der Ehefrau Besserung. Dann legt sich der Pressewirbel nach ein paar Schlagzeilen ganz schnell wieder, und die Sache ist erledigt. Das haben doch sogar schon Ministerpräsidenten vorgemacht, alles kein Problem mehr heutzutage.«

Paul musste seiner Mutter zustimmen. Aus diesem Blickwinkel hatte er es noch gar nicht betrachtet, aber sie hatte recht: Martin Rode musste durch einen publik gewordenen Seitensprung nicht zwangsläufig seine weitere Karriere gefährdet sehen – durch eine Gewalttat aber ganz bestimmt! »Wie es aussieht, gibt es keinen anderen, der als Täter in Frage käme«, hielt er dennoch dagegen.

Hertha, deren pechschwarz gefärbte Locken ihr schmales Gesicht umrahmten, führte ihren Zeigefinger zu ihren wie immer übermalten Lippen und dachte nach. »Lass uns mal alle durchgehen«, sagte sie schließlich und begann die Personen aufzuzählen, die Paul ihr zuvor in seinem Bericht über den Fall genannt hatte. Sie bemühte sich, Motive für jeden der Beteiligten zu finden: Jo, der Drogendealer, sei von Frieda womöglich unter Druck gesetzt worden, weil sie zu viel über ihn wusste. Axel Bär, der Fotograf, habe Frieda vielleicht mit Sexfotos erpresst, die ihr im Nachhinein peinlich gewesen waren. Bauer Deuerlein könnte Rache für Graffitis, eingeschmissene Scheiben und den übrigen Terror geübt haben. Der eigene Vater Wilhelm Bruns konnte aus Zorn über die unerwünschte Schwangerschaft durchgedreht sein. Ihr Bruder Tobias fühlte sich vielleicht in der Gunst des Vaters durch die hübsche Schwester zurückgesetzt und handelte aus Eifersucht.

Überzeugend fand Paul all diese Konstruktionen aber ebenso wenig wie seine Mutter selbst. »Das hat alles weder Hand noch Fuß«, sagte sie, verärgert über ihre mangelnde Intuition. Nach einer weiteren Denkpause sah sie ihren Sohn entschlossen an: »Weißt du was, Paul: Ich denke, dass euch ein ganz wesentlicher Aspekt durch die Lappen gegangen ist. Wie steht es denn mit Friedas Mutter? Es sind doch immer die Mütter, die sich in das Wesen und die Gemütslage ihrer Kinder am besten hineinversetzen können. Hier sollten Katinka und die Polizei ansetzen! Hier findet ihr vielleicht den Schlüssel!«

Er betrachte Hertha mit leichter Enttäuschung, als er fragte: »Habe ich es versäumt zu erwähnen? Friedas Mutter lebt nicht mehr. Sie starb schon vor etlichen Jahren.«

»Ach«, gab Hertha nicht weniger enttäuscht von sich. »Woran denn? Unfalltod?«

»Schwere Krankheit, soviel ich weiß. Ich glaube, Krebs.«

»Du glaubst?« Neuer Elan stieg in ihr auf. »Das musst du genau wissen. Es kann der entscheidende Punkt sein. Vielleicht gibt es einen Zusammenhang zwischen dem Tod von Mutter und Tochter.«

Paul hob unschlüssig die Brauen. »Ein Zusammenhang? Wie soll der aussehen?«

»Bin ich Hellseherin?«, blaffte ihn seine Mutter an. »Aber zwei Tote in einem Haushalt sind nach meinem Empfinden einfach zu viele. Da werde ich misstrauisch. Ist das Katinka etwa entgangen?«

»Ich bin sicher, dass sie diesen Punkt überprüft hat«, stellte sich Paul demonstrativ vor seine Frau. Doch überzeugt war er davon nicht. Er nahm sich vor, die neue Spur selbst zu überprüfen. Das konnte ja nicht allzu schwierig sein.

Inzwischen war Hermann zu ihnen gestoßen. Statt einer Begrüßung fragte er Paul direkt: »Hat Mutti schon mit dir darüber gesprochen?«

Paul lag auf der Zunge zu fragen, was sein Vater mit ›darüber‹ meinte. Doch Hertha kam ihm zuvor und beeilte sich zu erklären: »Nur ganz kurz. Paul meint, dass Katinka und er es nicht gar so eilig haben mit dem Zusammenziehen und der Familiengründung.«

Hermann sah erst seine Frau, dann Paul unwirsch an. »Du weißt, Paul, dass du auf deine Eltern zählen kannst. Oder?«

»Öh ... ja.« Paul hatte keine Ahnung, worauf sein Vater hinaus wollte.

»Wir haben selbst nicht viel Erspartes auf der hohen Kante und müssen sehen, wie wir zurechtkommen. Aber das soll uns nicht darin hindern, euch jungen Leuten unter die Arme zu greifen, wenn es nötig ist.«

Paul dachte an die Fünf-Euro-Scheine, die Hertha ihm ab und zu nach seinen Besuchen heimlich zusteckte, damit es Hermann nur ja nicht merkte. Abermals sagte er nur: »Öh ... ja?«

Hermann hob seinen rechten Arm und deutete auf die große Rasenfläche vor ihnen. »Wenn euer Zusammenziehen daran scheitert, dass ihr nichts Bezahlbares in Nürnberg finden könnt, helfen wir gern.« Er zeigte ein Lächeln, was äußerst selten passierte, und schlug gönnerisch vor: »Wir teilen die hintere Hälfte des Gartens ab und überlassen sie euch als Baugrund. Der Donwald wirft zwar etwas Schatten auf das Gelände, weshalb der Rasen leicht vermoost, aber das sollte euch nicht stören.«

Paul war bass erstaunt. Ein Haus im Garten seiner Eltern? Nie im Leben hätte er mit einem solchen Angebot gerechnet – und nie im Leben würden Katinka und er darauf eingehen, zumal sie sich ja längst für das Appartement an der Kleinweidenmühle entschieden hatten. Doch wie sollte er das seinen Eltern beibringen?

Auch Hertha sah ihn nun erwartungsvoll an. »Na, Bub, was sagst du dazu? Ist das nicht eine tolle Idee von Vati?«

Paul schluckte und blieb sprachlos.

»Er freut sich so, dass er gar nichts sagen kann.« Hertha kicherte.

Nun wurde es dem nüchternen Hermann wohl zu viel, denn er sah sich genötigt, ein kleines Detail hinzuzufügen: »Wir verrechnen euch einen Quadratmeterpreis, der zehn Prozent unter dem Marktwert liegt. Das ist ein Schnäppchen für euch.« Er streckte seine Hand aus. »Schlägst du ein, Junge?«

19

Zurück in seiner Atelierwohnung wurde Paul seine eigene verfahrene Situation wieder einmal deutlich vor Augen geführt. Überall verteilt auf dem Boden standen Umzugskartons, und noch immer waren nur die wenigsten gefüllt. Alles, was ihm etwas bedeutete, verharrte an Ort und Stelle in den Schränken, Regalen und an den Wänden.

Den irrwitzigen Vorschlag seiner Eltern im Hinterkopf, konnte er sich heute Abend nicht mehr dazu überwinden, weiter zu packen. Stattdessen schlurfte er zum Kühlschrank, in dem allerdings keine einzige Bierflasche mehr lag. Das war vermutlich nur gerecht, dachte sich Paul, fürs Nichtstun hatte er wohl keine Belohnung verdient.

Die Packerei musste jedenfalls noch warten, auf ein paar Tage mehr oder weniger würde es nicht ankommen. Schlapp ließ er sich aufs Sofa fallen. Warum bloß, fragte er sich, fiel ihm dieser Schritt in seinem Leben so schwer? Es wollte ihm partout nicht gelingen, das Gewohnte über Bord zu werfen und sich Neuem zu öffnen.

Er döste eine Weile, gab sich dann aber einen Ruck, stand auf und öffnete eines der großen Fenster, die ihm einen Blick über die in allen Rottönen changierende Dächerlandschaft des Weinmarkts und die Spitzen und Zinnen der Kaiserburg gewährten. Schön, dachte er und fühlte ein wohlig warmes Gefühl in sich aufsteigen.

Doch einen schönen Ausblick könnte er auch in der neuen, größeren, gemeinsamen Wohnung mit Katinka genießen, überlegte er und wandte sich wieder der Trübsal drinnen zu. Er ließ seinen Blick über das zerwühlte Laken auf seinem Schlafsofa gleiten, das schmutzige Geschirr auf dem Küchentresen, das allgemeine Durcheinander. Niedergeschlagen schlich er ins Bad, betrachtete sich in dem mit Zahnpasta- und Rasierschaumresten besprenkelten Spiegel und stellte fest, dass er mindestens zehn Jahre älter aussah als heute früh.

Die Erlösung erfolgte durch ein Klingeln an seiner Haustür.

»Oh weh!«, rief Katinka, die im schicken pastellgrünen Kostüm und mit dezent aufgelegtem Rouge auf den Wangen aussah wie das blühende Leben. »Der echte George Clooney würde sich nie so gehen lassen.«

»Du hast ja auch nicht den echten Clooney geheiratet, sondern nur sein fränkisches Imitat.« Paul rang sich ein Lächeln ab. »Ich verstehe gar nicht, wie du das machst: Wirkst immer taufrisch und jugendlich.«

Katinka zwinkerte ihm zu. »Danke für die Blumen. Aber das ist doch kein Geheimnis: Ich mache viel Sport, färbe mir die Haare, kaufe teure Cremes und tue so, als sei ich die Alte – beziehungsweise die Junge.«

»Beneidenswert.«

»Alles eine Frage der Selbstdisziplin. Man wird in unserem Jahrgang nun mal faltig und unstraff, hat müde Augen und oft schlechte Laune – wenn man nichts dagegen unternimmt. Also muss man ab und zu den Hintern hochschwingen und etwas für sich tun. – Aber zugegeben: Mit den 20-Jährigen kann ich auch nicht mehr mithalten, is' so.«

»Sollst du auch gar nicht«, sagte Paul, um seiner Frau zu schmeicheln. Doch Katinka hatte schon etwas anderes gefunden, das ihr nicht passte:

»Wie es hier wieder aussieht ...« Sie kräuselte missbilligend die Stirn. »Komm!«, bestimmte sie und griff Paul in der Armbeuge. »Wir flüchten aus diesem Chaos. Es ist noch gar nicht spät, wir gehen rüber ins *Café Schnepperschütz* am Hallertor. Mir steht der Sinn nach einer Weinschorle.«

Paul dachte an seine aufgebrauchten Bierreserven und stimmte gern zu.

Sie holten sich ihre Getränke, fanden eine unbesetzte Bierbank unter einem merlotroten Sonnenschirm und lehnten sich mit den Rücken an die sonnenwarme Sandsteinmauer der historischen Stadtbefestigung. Einträchtig saßen sie beieinander, sahen zwei Frisbeespielern auf der Hallerwiese zu und juchzenden Kindern am Schnepperschützen-Brunnen, der an die Armbrustschützen des 16. Jahrhunderts erinnerte.

Sie stießen mit ihren Gläsern an, tranken, schmusten und plauderten über Belangloses. Keiner von ihnen verspürte den Drang, in irgendeiner Form brenzlige Angelegenheiten anzusprechen. Ein herrlicher Abend in ungestörter Harmonie.

Erst als die Sonne versunken war, es kühler wurde und sie sich darauf verständigten, allmählich aufzubrechen, streifte Paul jenes Thema, das die Unbeschwertheit der letzten Stunden hinwegfegte wie ein plötzlich aufkommender Wind: »Seid ihr weitergekommen mit dem Staatssekretär? Habt ihr einen Abdruck von seinem Fahrradreifen nehmen können?«

In Katinkas versonnenem, weichen Gesicht bildeten sich augenblicklich scharfe Sorgenfalten. »Du fragst nach Rode? Dieses Ärgernis habe ich bis eben erfolgreich verdrängen können. Es sollte mir nicht den Feierabend vermiesen.«

»Also kein Erfolg?«, fragte Paul und drückte tröstend Katinkas Hand.

»Das genaue Gegenteil von Erfolg!« Nun ließ sie ihrer Frustration freien Lauf und berichtete Paul, was geschehen war: Dass die Polizei bei Rode vorstellig geworden sei, dass der Herr Staatssekretär sich den gegen ihn gerichteten Verdacht im Kreise seiner Familie ruhig und besonnen angehört habe, dass er dann ebenso ruhig und besonnen den Vorwurf bestritt und das Wort seiner Frau übergab. Frau Rode erklärte den Kripobeamten daraufhin klipp und klar, dass sie zum fraglichen Zeitpunkt mit ihrem Mann zusammen gewesen sei und beide die Villa nicht verlassen hätten. Folglich sah das prominente Paar auch keine Veranlassung, der Überprüfung von Martin Rodes Fahrrad zuzustimmen. Der im Laufe des Gesprächs eingetroffene Familienanwalt habe den Staatssekretär und seine Gattin in diesem Entschluss bestärkt, erzählte Katinka verbittert.

»Ihr seid also gar nicht erst zum Zug gekommen«, fasste Paul zusammen.

»Nein. Wir waren darauf angewiesen, dass er freiwillig mitmacht, was er nicht tat. Ich rechne auch nicht damit, dass wir so bald einen richterlichen Beschluss bekommen, um Rode zur Herausgabe seines Rads zu zwingen, von einem DNA-Test gar nicht zu reden.«

»Das mit dem Vergleich des Reifenprofils würde dann wohl eh hinfällig sein«, meinte Paul. »Wenn Rode am Tatort war, lässt er das Rad oder zumindest den Reifen jetzt so schnell wie möglich verschwinden. Auf diese Weise werdet ihr ihm nicht mehr ans Leder können.« Er sah in Katinkas niedergeschlagenes Gesicht und suchte nach weiteren Ansätzen, wie dem aalglatten Politprofi doch noch beizukommen wäre. Dabei fiel ihm eine Begebenheit ein, die er beinahe schon wieder vergessen hatte: Auf der Rückseite von Rodes Redemanuskript hatten eine Handynummer und Friedas Name gestanden. Könnte das der fehlende Beweis für Rodes Verstrickung sein?

Kaum hatte Paul diesen Hinweis angebracht, nahm ihm Katinka den Wind aus den Segeln: »Ja, ja, Paul, du hast mir davon ja schon vor ein paar Tagen erzählt. Die Nummer haben wir selbstverständlich längst überprüft.«

»Und? War es die der Toten?«

»Fehlanzeige. Es handelt sich um den Anschluss einer gewissen Frieda Gerstel.«

»Frieda Gerstel? Der Name sagt mir gar nichts.«

»Mir auch nicht. Muss er auch nicht. Denn es reicht zu wissen, dass diese Frieda Mitarbeiterin der Staatskanzlei in München ist und ihr Geld damit verdient, dass sie die Reden des Herrn Staatssekretärs schreibt.«

»Oh.«

»Ja, oh. Das war wohl nix.«

»Und was ist mit Friedas Handy?«, suchte Paul einen neuen Anlauf. »Ihr habt es doch sichergestellt, oder? Kann euch das nicht zum Täter führen? Die Nummer ihres Freundes war doch sicher gespeichert, oder man könnte anhand der Anruflisten ...« Er unterbrach sich selbst, als er Katinkas mitleidig-rügenden Blick spürte. »Ich weiß schon«, gab er sich selbst eine Antwort, »alles längst geprüft.«

Katinka nickte beiläufig und sann noch ein wenig über den Fall nach, während sie zum Weinmarkt weitergingen.

Dann klärten sich ihre Gesichtszüge wieder auf und sie fragte: »Wie sieht's aus? Nimmst du deine Frau auf einen Schlummertrunk mit zu dir rauf?«

Paul grinste schelmisch. »Einen Schlummertrunk kann ich dir leider nicht anbieten. Aber was hältst du von einer letzten Nacht auf meinem Schlafsofa, bevor es demnächst auf dem Sperrmüll landet?«

Katinka stimmte in sein doppeldeutiges Grinsen ein. »Oh, wie verlockend – da kann ich unmöglich widerstehen.«

20

Viel zu früh am Morgen brach Katinka auf, denn sie musste noch nach Hause fahren, um sich umzuziehen, bevor sie ihren Dienst im Oberlandesgericht antreten konnte. Zweimal hintereinander dasselbe Kostüm zu tragen, kam für sie nicht in Frage.

Paul blieb zurück mit der Qual der Wahl, ob er sich nun doch dem weiteren Kistenpacken oder lieber seiner eigentlichen Arbeit widmen sollte. Er musste unter anderem die Bilder für den Knoblauchslandkalender bearbeiten, außerdem endlich die Foto-CD bei Deuerlein abgeben – mit dezent beigelegter Rechnung.

Mit leerem Magen allerdings mochte er nicht arbeiten, also schlüpfte er in seine Sneakers und lief die Treppe hinunter. Draußen empfingen ihn Vogelgezwitscher und feuchtwarme Luft. Guter Dinge schlug er den Weg in Richtung Bäckerei ein.

Im Türrahmen prallte er beinahe mit einem anderen Kunden zusammen, der die Backstube gerade mit einer großen Brötchentüte im Arm verließ.

»Hannes!«, rief Paul angenehm überrascht. »So früh schon auf den Beinen?«

Der Pfarrer nahm die Brötchentüte aus dem Blickfeld. »Das gleiche könnte ich dich fragen. Hast es wohl endlich erkannt: Morgenstund hat Gold im Mund.«

Hannes Fink wartete, bis auch Paul seinen Einkauf erledigt hatte. Anschließend traten beide zusammen den Rückweg an. So blieb es nicht aus, dass Fink sich nach dem Fortschritt der Ermittlungen um Friedas Tod erkundigte. »Man liest ja gar nichts mehr in der Zeitung darüber. Sind Blohfelds Quellen wohl versiegt?«

Paul ging auf diese Frage nicht direkt ein, weil ihm die Sache mit den Wanzen zu peinlich war und er den Reporter vor dem Pfarrer nicht in Misskredit bringen wollte. Doch er nutzte die Gelegenheit, um Fink selbst eine Frage zu stellen: »Du hast Frieda beerdigt, bist also in gewisser Weise vertraut mit der Familie. Hattest du auch schon bei Friedas Mutter die Trauerrede gehalten?«

Fink zögerte einen Moment, bevor er antwortete. »Nein. Habe ich das nicht schon erzählt? Familienpfarrer bei der Bruns-Sippe war lange Jahre ein Kollege, der mittlerweile seinen Ruhestand genießt.«

Paul blieb stehen und sah seinen Freund und Nachbarn aufmerksam an. »Meinst du, dass ich deinen früheren Kollegen sprechen dürfte? Könntest du ein Treffen organisieren?«, fragte er spontan.

Fink gab sich erstaunt: »Ich glaube kaum, dass das eine gute Idee ist. Der Mann lebt inzwischen recht zurückgezogen. Weshalb willst du ihn denn sprechen?«

Wieder wich Paul aus und fragte stattdessen: »Ist dir bekannt, woran Friedas Mutter gestorben ist? Wie es heißt, soll sie schwer krank gewesen sein.«

»Ich habe davon gehört, ja. Ein unheilbares Krebsleiden, wenn ich nicht irre.«

So, wie Fink das sagte, steckte mehr dahinter. Paul hörte das am merkwürdigen Tonfall seines Freundes. Er spürte aber auch, dass Hannes Fink unter gar keinen Umständen näher darauf eingehen wollte. »Also, kannst du mir helfen? Arrangierst du das Treffen mit deinem Ex-Kollegen?«

»Wenn du darauf bestehst, ja. Aber gern mache ich das nicht.«

Die Zusammenkunft mit Pfarrer Gotthilf Scholz fand noch am selben Tag statt: In den frühen Mittagsstunden fuhren Paul und Hannes Fink gemeinsam ins Knoblauchsland. Ganz in der Nähe des Bruns'schen Gutes im Ortsteil Kraftshof lebte der Altpfarrer in einem Nebengebäude des nostalgischen Wehrkirchhofs. Von dort aus durfte er auch im Ruhestand den Blick auf die mittelalterliche Kirche St. Georg genießen. Eine lohnende Aussicht, wie Paul feststellte, denn der rötlich schimmernde, sandsteinerne Sakralbau bildete ein seltenes Ensemble mit vollständig erhaltener Mauer, Wehrgang und Ecktürmen. Ein Stück lebendig gebliebene Geschichte.

Scholz, ein am Stock gehender Greis mit schlohweißem Haar, erwartete sie bereits. Überraschenderweise, angesichts seines hinfälligen Erscheinungsbildes, erwies sich der Geistliche als sehr agil. Statt die Besucher in seine Wohnung zu bitten, lud er sie angesichts des herrlichen Wetters zu einem Spaziergang ein. Dabei könne man sich dann in Ruhe unterhalten, meinte er.

Wie sich zeigte, benutzte Scholz seine Gehhilfe nicht etwa als Krücke, sondern als Wanderstock und legte ein für sein Alter beachtliches Tempo vor. Schon nach kurzer Zeit erreichten sie ein Wäldchen, das sich bei näherer Betrachtung als reichlich verwilderter Park entpuppte.

»Der Irrhain des Pegnesischen Blumenordens«, erläuterte der Altpfarrer und führte sie durch ein umranktes Portal in die gartenähnliche Anlage.

Paul entdeckte Hecken, die eine Art Labyrinth bildeten, überwucherte Podeste, Skulpturen und Gedenktafeln sowie eine zugewachsene, wildromantische Eichenallee.

»Eine literarische Gedenkstätte«, sagte Scholz ehrfürchtig. »Es gibt keinen besseren Ort, um nachzudenken und sich zu besinnen, ausgenommen die Kirche. Der Mensch lässt der Natur hier freien Lauf, daraus entwickelt sich die reine Kraft der Schöpfung. Spüren Sie es?«

Paul nahm die besondere Atmosphäre dieses magischen Ortes durchaus wahr und konnte dem Altpfarrer nur zustimmen. »Es ist sehr nett von Ihnen, Herr Pfarrer, dass Sie sich die Zeit genommen haben und mich anhören wollen«, kam er schließlich auf den eigentlichen Grund des Treffens zu sprechen. »Pfarrer Fink teilte mir freundlicherweise mit, dass Sie damals Frau Bruns beerdigt haben. Wie Ihnen sicher zu Ohren gekommen ist, lebt ihre Tochter Frieda leider auch nicht mehr.«

Scholz sah ihn betrübt an. »Ja, ich habe es gelesen. Eine traurige Geschichte. Gott sei mit der kleinen Frieda.«

Paul wurde nun direkter, erkundigte sich nach der Todesursache von Friedas Mutter. Auch Scholz sprach daraufhin von einer schweren Krankheit – und auch er klang in Pauls Ohren nicht überzeugend, denn der Pfarrer vermied es, Einzelheiten zu nennen, und machte einen ausweichenden Eindruck. Scholz hielt mit etwas hinterm Berg, da war sich Paul bald sicher. Schließlich blieb Paul am Fuße einer besonders stattlichen Eiche stehen, sah abwechselnd beide Pfarrer an und fragte: »Kann es sein, dass es gar nicht diese Krankheit war, die zum Tod der Frau führte?«

Hannes Fink stöhnte gequält auf, während der alte Scholz seinen Stock fixierte und schwieg. Paul ließ den beiden Zeit, ohne weiter nachzubohren. Sein Warten wurde belohnt, denn Scholz rang sich endlich dazu durch, ihm reinen Wein einzuschenken:

»Wissen Sie, Herr Flemming, ich wurde mit der Beerdigung von Irmgard Bruns vor eine schwere Aufgabe gestellt. Kennen Sie sich in der Kirchengeschichte einigermaßen aus? Früher wurden Selbstmörder ...«

Fink verbesserte seinen Kollegen: »Der korrekte Ausdruck ist ›Suizidausübender‹. Für die Hinterbliebenen ist der Begriff ›Mörder‹ oft doppelt schlimm.«

Scholz nickte. »Ja, Hannes, wie wahr, wie wahr. Jedenfalls wurden diese Leute in früheren Zeiten nicht kirchlich beerdigt. Weder mit kirchlichem Ritual noch in gesegneter Erde. Es gab oft neben den Friedhöfen ein Feld für diese Gräber. Das geht auf den heiligen Augustinus zurück, und mehrere Konzile der Kirche haben sich damit beschäftigt.«

»Das ist sehr interessant«, sagte Paul, der den Altpfarrer nicht drängen wollte, aber sehnlichst auf den Kern seines Berichts wartete.

Scholz fuhr fort: »Die Beerdigung eines Suizids ist auch heute noch eine der schwersten Aufgaben, vor allem wenn die Menschen einem näher bekannt waren. Denn die Selbsttötung ist eine Todsünde. Bei einem Suizid vor dem Hintergrund einer tödlichen Krankheit schaut es zwar anders aus, gerade wenn dieser Entschluss mit den Angehörigen besprochen war, reflektiert und selbstbestimmt, um würdig zu sterben.«

»Auch ich hätte damit keine theologischen Schwierigkeiten und würde meine Hauptaufgabe darin sehen, die Angehörigen zu stärken, Schuldgefühle zu mindern, aber nie die Person aburteilen«, ergänzte Fink.

Paul lag es auf der Zunge, nach dem Aber zu fragen. Denn irgendein Detail verheimlichten ihm die beiden noch immer.

Scholz nahm es ihm ab, weiter nachzubohren, indem er Fink zu verstehen gab, er möge den Rückweg allein antreten: »Geh schon mal vor, Hannes. Wir kommen gleich hinterher.« Fink gehorchte ihm ohne den Ansatz eines Widerworts. Kaum waren sie unter sich, ließ Scholz seine knochige Hand in der Innentasche seines Jankers verschwinden und förderte ein ausgeblichenes Kuvert zutage. Er streckte es Paul entgegen und ließ ihm Zeit, den Inhalt des Briefes in Ruhe zu studieren.

Als Paul geendet hatte und ihn fassungslos ansah, erklärte Scholz: »Ich stehe im Gegensatz zum Kollegen Fink nicht mehr im Dienst der Kirche. Zwar erlöschen damit nicht all meine Verpflichtungen, aber ich fühle mich nicht länger imstande, dieses Geheimnis zu wahren. Nehmen Sie den Brief an sich, junger Mann. Möge er dazu beitragen, weiteres Unheil abzuwenden.«

21

Paul fing Katinka vor dem Justizpalast in der Fürther Straße ab und riss sie aus einem Gespräch mit einem graumelierten Anzugträger, dem Anschein nach ein Strafverteidiger.

»Ich muss dich unbedingt sprechen!«, rief er und rüttelte sie am Arm.

»Das tust du ja jetzt«, sagte Katinka leicht verärgert, entschuldigte sich bei ihrem Gesprächspartner und entfernte sich gemeinsam mit Paul in Richtung der Mitarbeiterparkplätze. »Das muss ja eine bombenwichtige Botschaft sein, die du mir überbringen willst. Ein neuer Hausbauvorschlag deiner Eltern?«

Paul drückte ihr den Brief in die Hand, den ihm Altpfarrer Scholz überlassen hatte. »Hier! Lies!«

Katinka sah ihn kurz fragend an, öffnete den Umschlag und überflog das knapp zweiseitige Schreiben. Ihr Gesicht war aschfahl, als sie fragte: »Irmgard Bruns war Friedas Mutter?«

Paul nickte. »Ja, dies ist ihr Abschiedsbrief. Ihr früherer Pfarrer hat ihn mir überlassen.«

»Diese Frau hat also Selbstmord begangen«, folgerte Katinka und nagte an ihrer Unterlippe.

»Ja, doch keineswegs wegen einer schweren Erkrankung, wie es aller Welt glauben gemacht werden sollte. Sondern weil sie die Schmach nicht ertragen hatte, ein uneheliches Kind auf die Welt gebracht zu haben.«

Katinka führte ihre rechte Hand an den Kopf und tippte sich an die Schläfe. »Verstehe ich das richtig?

Irmgard Bruns betrog ihren Mann Wilhelm mit einem Unbekannten, ließ sich von ihrem Liebhaber schwängern und brachte Frieda zur Welt. Ihr Mann kam ihr auf die Schliche, machte ihr die Hölle heiß und trieb sie letztendlich in den Selbstmord.«

»Genau so lassen sich die Zeilen dieses Briefes interpretieren«, bestätigte Paul. »Der arme Pfarrer Scholz muss schwere Kämpfe mit sich selbst ausgefochten haben, um dieses schmutzige Familiengeheimnis so viele Jahre für sich behalten zu können.«

»Frieda, das Kuckuckskind«, sagte Katinka grüblerisch. »Eines, das Wilhelm Bruns womöglich schon lange ein Dorn im Auge war, ihm auf der Tasche lag und am Ende auch noch selbst schwanger wurde. Das könnte zu viel gewesen sein für einen einfach gestrickten Mann. Die Schwangerschaft als Auslöser für eine Tat im Affekt: ein Stoß, ein Schubs, ein Schlag, um sich der ungeliebten Stieftochter ein für allemal zu entledigen. So kann es gewesen sein!«

Paul sah sie ernst an. »Wilhelm Bruns – ist er unser Mörder?«

»Mein lieber Paul«, wich Katinka dieser direkten Frage aus. »Ich bin Staatsanwältin und wäre schlecht beraten, wenn ich jede neue Mutmaßung sofort als Gewissheit nehmen würde.« Leise und trotzdem sehr bestimmt fügte sie hinzu: »Aber er hat das stärkste Motiv. Wir müssen uns darum kümmern.«

Katinka hatte nun einiges zu tun und musste Schnelleisen Beine machen, um abermals Verhöre durchzuführen und nach Beweisen zu fahnden. Daher nahm Paul es ihr nicht übel, dass sie ihn einfach so stehen ließ, ohne ein Wort des Dankes, einen Abschiedskuss oder sonst eine nette Geste. Keine Zeit für Nebensächlichkeiten dieser Art – so war seine Katinka nun einmal. Paul lächelte trotzdem, als er ihr nachsah.

Lange blieb er ohnehin nicht allein mit sich und seinen Gedanken, denn sein Handy meldete sich, kaum dass Katinka entschwunden war.

Jasmin war dran und im Gegensatz zu seiner Frau in Plauderlaune, konnte sie doch nicht ahnen, dass es schon bald mit der Ruhe in ihrem Büro vorbei sein würde und neue Arbeit auf sie zukam. Paul beließ es zunächst dabei und hörte ihr zu:

»Stimmt es, dass du keinen Freiwilligen als Umzugshelfer findest?«, erkundigte sich die Kommissarin gut gelaunt.

»Bisher hat sich niemand gemeldet«, bestätigte Paul.

»Wenn das so ist: Ich könnte gern einspringen. – Allerdings ist mir zu Ohren gekommen, dass du es mit der Umzieherei gar nicht mal so eilig hast.«

»Gerüchte! Nichts als Gerüchte.«

»Mir brauchst du nichts vorzumachen, Paul. Ich kenne dich ja auch schon eine Weile. Magst dich von deiner Junggesellenbude nicht trennen, was?«

»Mir kommt halt dauernd was dazwischen. Vielleicht liegt's auch am Alter: Man wird ja nicht flexibler mit den Jahren.«

»Am Alter? Ich glaube, das genaue Gegenteil ist bei dir der Fall! Du bist und bleibst ein Kindskopf, Paul. Der einzige wirkliche Grund, der dich am Umziehen hindert, ist deine Angst davor, deine Freiheit aufzugeben. Oder sollte ich sagen: die Angst davor, endlich erwachsen zu werden?«

»Sehr witzig. Deine Weisheiten haben mir gerade noch gefehlt.« Paul konnte mit Jasmins forscher Art normalerweise gut umgehen, diesmal hatte sie jedoch einen blanken Nerv erwischt. Er versuchte, das Gespräch in eine andere Richtung zu lenken: »Also gut, ich rufe dich an, wenn es so weit ist. Die schwersten Kisten werde ich für dich reservieren. Aber was deinen anderen Job angeht, den du neben dem Möbelschleppen ausübst, muss ich dich warnen: Es kommen einige Überstunden auf dich zu.«

Jasmin antwortete erst mit Verzögerung. »Was denn für Überstunden? Und warum weißt du schon wieder früher darüber Bescheid als die Polizei?«

Paul klärte sie in groben Zügen auf, wobei Jasmin jeden seiner Sätze mit einem »Oh!« oder »Ah!« kommentierte. Schließlich klang sie wenig begeistert, als sie missmutig in den Hörer nuschelte: »Das wird Schnelleisen gar nicht gefallen. Mein Chef hasst plötzliche Wendungen dieser Art – und an uns wird er seinen Frust auslassen. Mir passt es auch nicht in den Kram: Ich hatte mir fest vorgenommen, noch einmal ausführlich mit Tobias zu plaudern. Denn der Junge ist nicht auf den Kopf gefallen. Der weiß viel mehr, als er uns gegenüber bislang preisgegeben hat. Aber wie es aussieht, muss das warten.«

»Tja, bevor ihr euch nochmal den jungen Bruns vornehmt, habt ihr mit dem Alten alle Hände voll zu tun. Viel Erfolg dabei«, meinte Paul mit leise anklingender Schadenfreude.

»Danke, du Ekel. Jetzt sind wir wohl quitt, was?«

»Ja. Fürs Erste.«

22

Die Zeit war wie im Fluge vergangen: Aufmerksam betrachtete Paul seinen auf einem Notizzettel gezeichneten Wochenplan, den er an die Pinnwand in seine Küche geheftet hatte und der ihm vor Augen führte, was sich in den letzten Tagen alles ereignet hatte. Wochenpläne zu erstellen, hatte er sich erst vor Kurzem angewöhnt, um ein bisschen mehr Ordnung in sein Leben zu bringen, was – zugegebenermaßen – dringend nötig war. Um zu rekapitulieren, was er erledigt hatte und was noch zu tun blieb, fuhr Paul mit dem Zeigefinger die Notizen der vergangenen Tage ab:

»Demontage Dunkelkammer«, lautete der Eintrag für vergangenen Montag. Erledigt, hakte Paul gedanklich ab und dachte an den hartnäckigen Dreck, der zum Vorschein gekommen war, nachdem er seine alten Gerätschaften aus Zeiten der chemischen Filmentwicklung abgebaut hatte. Der Montag war auch der Tag gewesen, an dem Martin Rode endgültig vom Verdacht des Mordes reingewaschen wurde, zumindest aus Sicht der Polizei: Denn auf Anraten seines Anwalts hatte der Staatssekretär sein Rennrad doch noch den Behörden ausgehändigt, mit dem Resultat, dass es keine Übereinstimmung mit der am Tatort gesicherten Spur gab. Zudem fand sich trotz eifriger Suche der Kripo kein einziger Zeuge, der Rode am besagten Tag im Knoblauchsland gesehen hatte. Zusammen mit dem Alibi, das ihm seine Frau gegeben hatte, konnte sich Rode somit auf der sicheren Seite wähnen. Die Chancen, dass man ihn nach alldem zu einem Gentest heranziehen würde, standen gleich Null.

Die Aufgabe für Dienstag lautete »Buchhaltung, Mehrwertsteuerabführung«, was Paul mit trübsinniger Arbeit am Schreibtisch verband, aber trotz größter Unlust ebenfalls als erledigt abhaken konnte. Am Dienstag hatten sich außerdem die Ermittlungen auf Wilhelm Bruns fokussiert. Katinka hatte Pauls Hinweis sehr ernst genommen und in Hauptkommissar Schnelleisen nach anfänglichem Zaudern einen willigen Vollstrecker gefunden. Dem schroffen Kripomann schien es gelungen zu sein, Bruns aus der Reserve zu locken. Wie Paul später von Katinka erfuhr, hatte sich Bruns während Schnelleisens Verhör in eklatante Widersprüche verstrickt und dadurch vieles preisgegeben, wenn er auch am Ende eine ablehnende, fast aggressive Haltung gegenüber Schnelleisen angenommen hatte. Für Katinka reichten die neuen Erkenntnisse aus, um in Bruns den neuen Verdächtigen Nummer eins zu sehen. Ihre zugehörige Theorie klang in Pauls Ohren durchaus schlüssig: Demnach hatte Bruns seiner Frau den Seitensprung niemals verziehen, sie durch Psychodruck in den Selbstmord getrieben und die uneheliche Frieda nur deshalb nicht verstoßen, damit die Dorfgemeinschaft nicht erfuhr, dass ihm Hörner aufgesetzt worden waren. Als Frieda dann jedoch selbst schwanger wurde und Bruns mangels Vater auch für dieses Kind hätte aufkommen müssen, riss bei ihm der Geduldsfaden. Wahrscheinlich, so meinte Katinka, hatte er Frieda auf dem Weg zu Pauls Fotoshooting abgepasst und sie zur Rede gestellt, wobei es zum Streit mit tödlichem Ausgang gekommen war. Paul erinnerte sich noch beinahe Wort für Wort an die Diskussion, die er darüber mit Katinka geführt hatte, und wie sehr sie vor ihren eigenen Leuten für ihre These hatte kämpfen müssen. Denn es blieben Zweifel:

»Der Richter wollte mich abblitzen lassen. Alles sei wieder mal bloße Spekulation. Auf der Basis, dass Frieda nicht Bruns' leibliches Kind war, könne er noch lange keinen Haftbefehl ausstellen. Nichts deute darauf hin, dass Bruns an Friedas Tod beteiligt war«, erklärte sie ihm aufgelöst.

»Wie hast du ihn dann doch noch überzeugen können?«, fragte Paul.

»Ich habe die Frage ins Spiel gebracht, ob Bruns nicht auch Friedas Mutter in den Tod getrieben hat und sich notfalls daraus etwas machen ließe.«

»Darauf hat er angebissen?«

»Nicht sofort. Aber du kennst mich ja: Ich kann sehr beharrlich sein. Ich habe darauf hingewiesen, dass Bruns möglicherweise weiterhin eine Gefahr darstellt und es noch mehr Opfer geben könnte. Letztendlich habe ich meinen Haftbefehl bekommen, allerdings mit Auflagen: Wir müssen schleunigst mindestens ein deutliches Indiz, Spuren an der Leiche und nach Möglichkeit Zeugenaussagen auftreiben, die Bruns belasten. Andernfalls ist er in ein paar Tagen wieder auf freiem Fuß.«

Für den Mittwoch hatte Paul sich den letzten noch offenen Fototermin für den Kalender eingetragen, Miss Sellerie im klassischen Landfrauenlook. Bei dieser Gelegenheit wollte er endlich Deuerleins Foto-CD abgeben, die immer noch bei ihm herumlag. Teil eins seiner Tagesaufgabe konnte Paul abschließen, dagegen traf er Deuerlein nicht persönlich an und blieb abermals auf seinen Bildern – und der Rechnung – sitzen. Am Mittwoch fanden weitere Verhöre mit Bruns statt, nun schon hinter Schloss und Riegel in Untersuchungshaft. Katinka hatte beim gemeinsamen Abendessen einige Details herausgelassen und gab sich zuversichtlich, den Fall sehr bald abschließen zu können. Zwar hatte Schnelleisen noch immer keinen Zeugen aufgetrieben, doch Katinka zeigte sich optimistisch, den »sturköpfigen Bauern« doch noch weichzukochen und zu einem Geständnis zu bewegen.

Für den heutigen Donnerstag hatte er sich das Stichwort »Bücherregal« notiert, also das Ausräumen, Aussortieren und Verpacken der Romane, Bildbände, Fachbücher und sonstigen Schmöker, die in seinem Atelier neben- und übereinander wandhoch gestapelt waren. Erstaunlicherweise bewältigte Paul diese Herkulesaufgabe in weniger als vier Stunden, sodass der halbe Tag noch ungenutzt vor ihm lag. Es blieb ihm genügend Zeit, um eine weitere Aufgabe anzugehen.

Mit Blick auf seine To-do-Liste schnappte er sich das Kuvert mit Deuerleins Foto-CD, um sein Glück ein weiteres Mal zu versuchen. Wenn der Großbauer trotz des Marktstand-Debakels mit Pauls Bildern zufrieden war, konnte er vielleicht sogar einen Folgeauftrag herausholen.

Kaum aus der Tür, hörte Paul das Telefon klingeln. Also sperrte er wieder auf, rannte zur Ladestation vorm Atelierfenster und nannte atemlos seinen Namen.

»Hey, Paul, habe ich dich bei irgendetwas Anstrengendem gestört?«, fragte Katinka.

»Nein, ich war nur gerade auf dem Sprung.«

»Dann beeil dich mit deinem Sprung, denn heute Abend musst du wieder gelandet sein. Da lade ich dich nämlich ein.« Katinka klang überschwänglich. »Diesmal kein schnelles Business-Lunch, sondern ein gepflegtes Menü im *Goldenen Ritter*.«

»Du lädst mich zu Jan-Patrick ein? Womit habe ich denn das verdient?« Paul rechnete schnell nach, ob er irgendein wichtiges Datum übersehen hatte, den Kennenlerntag, den Jahrestag seines Heiratsantrags oder sonst ein Datum, das ein kostspieliges Mahl auf ihre Rechnung rechtfertigen würde.

»Kannst du dir das nicht denken?«, kostete Katinka ihren Wissensvorsprung aus. »Es ist doch mittlerweile eine Tradition, dass wir es uns am Ende eines Falls gemeinsam im *Goldenen Ritter* gutgehen lassen und alles noch einmal rekapitulieren. Da wir den Fall Frieda Bruns mittlerweile zur Prozessreife getrieben haben, meine ich, dass wir uns diese kleine Belohnung verdient haben. Schließlich war dein Zutun nicht ganz unwesentlich.«

»Danke für das Kompliment«, freute sich Paul. »Aber bist du sicher, dass das Ganze nicht auf einen zähen Indizienprozess mit ungewissem Ausgang hinausläuft? Oder habt ihr doch noch verwertbare Spuren vom Tatort entdeckt, auf die ihr euch bei der Anklage stützen könnt?«

»Jede Menge Fasern und Gewebe, die wir Wilhelm Bruns zuordnen können. Zugegeben: Es ist nicht verwunderlich, dass ein Kind Spuren der Eltern an seiner Kleidung trägt, zumal wenn beide im selben Haushalt leben. Trotzdem werden wir diese Spuren gegen ihn verwenden.« Sie räusperte sich. »Ansonsten haben wir ja nur noch dieses einzelne Haar, das definitiv nicht von Wilhelm Bruns stammt, das aber schon seit Längerem an Friedas Kleidung gehaftet haben könnte und daher zu vernachlässigen ist. Wem wollte man die daraus gewonnene DNA denn auch zuordnen? Derjenige, der das Haar verloren hat, stammt wahrscheinlich aus ihrem Bekanntenkreis und ist in keiner DNA-Datenbank erfasst.«

»Habt ihr es trotzdem untersucht?«

Katinka lachte. »Aber klar! Alles andere wäre unprofessionell. Wir haben die Ergebnisse bereits durch den Computer gejagt. Von einem registrierten Sexualstraftäter stammt das Haar jedenfalls nicht. Mal sehen, ob die Jungs und Mädchen im Labor dem Härchen irgendein anderes Geheimnis entlocken können. Besondere Bedeutung messe ich dem aber nicht mehr zu. Es ist zweitrangig.«

»Okay, dann gehen wir also essen«, kam Paul auf Katinkas Einladung zurück und erkundigte sich: »Was steht bei Jan-Patrick denn heute auf der Tageskarte?«

»Mal wieder ziemlich spannende Kombinationen. Am Telefon hat er mir vorhin von geräucherter Lachsforelle mit Creme vom Sauerbraten vorgeschwärmt und von gesottener Beinscheibe vom Wasserbüffel mit Wildkräuterpesto.«

»Was? Seit wann gibt es in Franken denn Wasserbüffel?«

»Da musste ich mich auch erst aufklären lassen: In Hafenlohr im Main-Spessart-Kreis werden die Viecher gezüchtet, von dort bezieht Jan-Patrick das Fleisch.«

»Also, ich weiß nicht. Manchmal übertreibt er's. Ich fand ja auch die Steaks von der Straußenfarm in Günzburg nicht so passend.«

»Dein Freund hat nun mal den Ehrgeiz, die ganze Vielfalt der Region auf den Teller zu bringen. – Wäre dir halb acht recht?«

Paul überschlug, wie lange er für seine Erledigung im Knoblauchsland brauchen würde, und sagte zu. Er nahm sich aber auch vor, den Abend nicht nur schlemmend und sich gegenseitig auf die Schulter klopfend zu verbringen, sondern einige offen gebliebene Fragen anzusprechen, die ihm nach wie vor auf der Seele brannten:

Wer war der Vater von Friedas Ungeborenem?

Um wen handelte es sich bei Friedas leiblichem Vater?

Vor wem oder was wollte Wilhelm Bruns seinen Sohn schützen, indem er ihn aus Nürnberg und Umgebung fortzuschicken versuchte?

Warum stellte Bruns seine Stieftochter ausgerechnet auf einem Feldweg zur Rede, wenn er es doch jederzeit zu Hause hätte tun können?

Aber diese Fragen mussten bis heute Abend warten. Für die Zwischenzeit hatte er sich ja anderes vorgenommen: Wieder klemmte er sich das Kuvert für Deuerlein unter den Arm, öffnete die Wohnungstür und stoppte mitten im Schritt.

»Herrje, haben Sie mich erschreckt!«, stöhnte Paul, als er sich einer stämmigen Frau in moosgrünem Kittel und Kopftuch in Pastelltönen gegenüber sah. Ihrem – grimmigen – Gesicht nach zu urteilen, schätzte Paul sie spontan auf irgendwo zwischen fünfzig und sechzig. »Wollen Sie zu mir?«

Die Frau betrachtete ihn sorgfältig und ließ sich dabei so viel Zeit, dass es Paul vorkam, als würde er einem Eignungstest unterzogen, ob er die Antwort auf seine Frage überhaupt wert sei. »Wenn Sie Paul Flemming sind, der Fotograf, dann ja«, sagte die unerwartete Besucherin mit Reibeisenstimme.

Mittlerweile hatte Paul das Gefühl, die Frau vage zu kennen, doch er wusste nicht woher. »Der bin ich«, bestätigte er seine Identität und bat den Gast herein.

Die Frau trat zwei Schritte in den Flur und blieb mit erschrecktem Blick auf die Mokkabraune stehen. »Ich hoffe sehr, dass Sie solche Schweinereien nicht auch mit meiner Tochter veranstaltet haben.«

»Entschuldigen Sie, werte Dame, aber hier handelt es sich um ästhetische Aktfotografie, mitnichten um eine Schweinerei«, sagte er ein wenig pikiert und begann zu ahnen, wen er vor sich hatte. Er musterte die Besucherin und suchte ihr Gesicht nach Ähnlichkeiten ab. »Ihre Tochter macht bei dem Kalender mit, richtig?«, äußerte er seine Vermutung.

Die Frau nickte und streckte ihm eine Hand entgegen, deren raue und von Schwielen übersäte Haut von der harten Landarbeit kündeten. »Ja, ich bin die Mama von der Paula. Paula Leupold.« Als Paul nicht sofort schaltete, ergänzte sie leicht verschämt: »Miss Kresse.«

»Ach ja, die Paula.« Nun hatte Paul letzte Gewissheit. »Ein nettes Mädel mit viel Talent und Spaß am Posing.«

»Am was?« Erneut stand Misstrauen in den Augen der Frau. »Ist das was …«

Paul hob die Hand. »Nein, nein, das ist kein Schweinkram, Frau Leupold.« Da er seine Besucherin mit Worten allein wohl kaum würde überzeugen können, führte Paul sie zu seinem gläsernen Schreibtisch und bot ihr den Stuhl vor dem Computerbildschirm an. »Ich zeige Ihnen mal, wie prima Ihre Tochter das gemacht hat. Sie werden stolz auf sie sein und das Juni-Blatt gar nicht mehr umblättern wollen.«

»Juli«, verbesserte ihn Frau Leupold, »Paula ist erst im Juli dran.«

Paul entschuldigte sich der Form halber und präsentierte der argwöhnischen Frau eine Reihe von Bildern, die Miss Kresse in ansprechenden, aber keineswegs aufreizenden Posen inmitten eines Gewächshauses voller Kressesaat-Kulturen zeigte. Dabei fiel Paul die Familienähnlichkeit auf, sodass er sich fragte, ob die quirlige, süße Paula eines fernen Tages mit der gleichen bärbeißigen Grimasse herumlaufen würde wie ihre Mutter.

»Sie sehen: Es besteht kein Grund zur Sorge«, sagte Paul.

»Na ja, hmmm«, grummelte Frau Leupold. »Machen Sie das achte Foto nochmal groß. Ja, genau das! Schauen Sie mal da: Das Kleid ist nach oben gerutscht. Fehlt nicht viel, dann würde man ihre Unterhose sehen.«

»Sieht man aber nicht«, entgegnete Paul bestimmt. »Außerdem kommt dieses Bild eh nicht in die engere Wahl. Vertrauen Sie mir einfach, Frau Leupold. Ich verstehe mein Handwerk.«

Abermals betrachtete sie ihn abschätzig. »Nun, Sie sind ja auch nicht mehr der Jüngste. Haben wohl schon einige Jahre Erfahrung in dem Beruf, ja?«

»Das kann man sagen.«

»Mmmm. In Ordnung. Ich will mal nicht so sein. Sie können die Fotos für den Kalender nehmen. Meinen Segen haben Sie, Herr Flemming.«

»Danke für Ihr Vertrauen«, sagte Paul mit echter Erleichterung. Denn im ungünstigsten Fall hätte er die Juli-Fotos mit einem anderen Modell noch einmal anfertigen müssen, womöglich auf eigene Kosten.

Frau Leupold erhob sich von Pauls Schreibtischstuhl, doch nur, um sich im nächsten Moment wieder zu setzen. »Sind die Fotos von *ihr* eigentlich auch hier drin?«

»Fotos von ihr? Von wem?«, fragte Paul irritiert.

»Von Frieda.« Frau Leupold sah ihn wissbegierig an. »Sie haben sie doch ganz bestimmt fotografiert in dem Sonnenblumenfeld, ja? Zeigen Sie mir die Bilder?«

Pauls Haltung versteifte sich. »Nein. Auf gar keinen Fall. Ich würde niemals mit Fotos einer Toten hausieren gehen, ganz bestimmt nicht. Und außerdem habe ich gar keine gemacht.«

Die Enttäuschung stand Frau Leupold ins Gesicht geschrieben. »Schade. Sehr schade. Wissen Sie: Ich kannte Frieda nämlich gut. Von Kindesbeinen an.«

»So?«, fragte Paul und konnte nicht umhin, die Besucherin nach ihrer Meinung zu fragen: »Dann sind Sie sicher ebenso überrascht vom Ausgang der Ermittlungen: Dass ausgerechnet ihr eigener Stiefvater es getan haben soll – kaum zu fassen, oder?«

Frau Leupold wirkte nicht im Mindesten bewegt. »Der Wilhelm ist ein harter Hund. Kann schon sein, dass er's gewesen ist«, sagte sie lapidar.

»Ach, dann hat es wohl schon öfter Krach gegeben zwischen ihm und Frieda?«

»Nicht öfter als in anderen Familien. Aber zwischen den beiden ging es nie besonders herzlich zu.«

»Weil Frieda nicht sein leibliches Kind war«, suchte Paul nach der naheliegenden Begründung. »Und weil Bruns die Affäre seiner Frau nie verwunden hatte.«

»Pah!« Frau Leupold verzog ihren faltenumsäumten Mund zu einem schiefen Lächeln. »Der soll sich nicht anstellen. Wilhelm war doch keinen Deut besser. Hat seine Frau zu Lebzeiten auch betrogen, wo es nur ging. Meine Freundin Irma hat's mir erzählt. Mindestens zwei andere soll er gehabt haben. Und angeblich noch eine polnische Saisonarbeiterin.«

Paul hörte interessiert zu und versuchte sich einen Reim darauf zu machen. »Trotzdem fiel es ihm schwer zu akzeptieren, dass Frieda nicht sein eigen Fleisch und Blut war.«

»Davon wäre die Welt nicht untergegangen«, äußerte Frau Leupold abfällig. »Haben Sie eine Vorstellung, wer auf dem Dorf alles miteinander verwandt ist?«

Auf was wollte die Frau hinaus, fragte sich Paul? Inzucht im Knoblauchsland? »Sie meinen, dass Bruns nicht von der Dorfgemeinschaft geächtet worden wäre, wenn die Wahrheit über Frieda ans Tageslicht gekommen wäre?«

Frau Leupold machte große Augen. »Wollen Sie mich auf den Arm nehmen? Das hätte den Dorfklatsch allenfalls für ein oder zwei Tage belebt, aber danach wäre es vorbei gewesen. Wilhelm hätte das ganz gemütlich aussitzen können, ohne dass ihm jemand an den Karren gefahren wäre. Genauso wie die Schwangerschaft von Frieda.«

»Sie wissen davon?«, fragte Paul alarmiert.

»Alle wissen das. Nur über den Kindsvater herrscht Uneinigkeit. Manche sagen ja, dass es dieser Staatssekretär gewesen sein soll. Glaube ich nicht. Eher einer aus der Dorfjugend. Mit der Politikergeschichte wollte sie sich nur wichtig machen.«

Paul sortierte die neuen Informationen in seinem Kopf und fragte: »Sie sind also der Ansicht, dass es für Wilhelm Bruns keinen zwingenden Grund gegeben hat, seine Stieftochter umzubringen?«

Frau Leupold schwieg und schien in sich zu gehen, bevor sie antwortete: »Wie gesagt: Der Wilhelm ist ein harter Hund und kann zupacken, wenn's sein muss. Hat ja auch noch Vieh im Stall und früher selbst geschlachtet. – Aber ein Mörder? Wenn ich es mir recht überlege … – nein, das würde selbst er nicht übers Herz bringen.« Sie blickte Paul verschwörerisch an, als sie ihre ganz persönliche Mordtheorie unterbreitete: »Der wahre Mörder ist einer aus der Dorfjugend. Natürlich keiner von unseren, sondern einer aus den anderen Ortsteilen. Der hat Frieda aufgelauert, um sie zu vergewaltigen.« Sie nickte, um ihre eigenen Worte zu bekräftigen. Dann fügte sie hinzu: »Oder einer dieser Russlanddeutschen aus Langwasser, denen ist ja alles zuzutrauen. Die fahren mit der U-Bahn bis raus zum Flughafen und kommen dann rüber, um sich über unsere Mädchen herzumachen. Oder ein Asylbewerber oder Hartz-4-Empfänger aus Gostenhof, das ist ja die schlimmste Gegend überhaupt …«

Paul rauchte der Kopf, nachdem es ihm gelungen war, seine Besucherin mit leichtem Druck aus seiner Wohnung zu komplimentieren. Frau Leupold hatte in ihrer einfältigen Art nicht nur etliche böse Klischees bedient, sondern in Bezug auf Wilhelm Bruns auch begründete Zweifel aufkommen lassen. Paul würde das heute Abend bei Katinka ansprechen.

Nun aber mochte er nicht länger in seinem Atelier festgehalten werden, sondern sich endlich auf den Weg machen! Mit der Foto-CD in der Hand brach er zum dritten Mal auf – diesmal, ohne durch weitere Anrufe oder Besuche daran gehindert zu werden.

23

Den kürzesten Weg, der zu Deuerleins Treibhausimperium führte, kannte Paul mittlerweile aus dem Effeff. Er lenkte seinen Renault souverän um die größten Schlaglöcher der Feldwege herum, wich geübt den Wasserbögen der straßennahen Beregnungsanlagen aus und hupte ungeniert, wenn er an betagten Traktoren vorbei wollte, die im Schritttempo auf der Fahrbahnmitte rollten.

Paul hatte sein Ziel bald erreicht: Der riesige Gewächshauskomplex, die gigantische Tomatenzuchtanlage mit Pflanzenranken und roten, prallen Früchten in tausendfacher Ausfertigung, beeindruckte ihn auch bei seinem zweiten Besuch nachhaltig: Die Stauden wurden bewässert und bedampft, mit zusätzlichem Kunstlicht bestrahlt und mit Sensoren überwacht. Es surrte, rauschte und zischte. Doch die Betriebsamkeit fand ohne das Zutun von Menschen statt. Vollautomatisch, ferngesteuert durch Computer.

Paul mochte sich noch so oft nach jemandem umsehen, den er nach Deuerleins Aufenthaltsort fragen könnte, er blieb die einzige Menschenseele in dem futuristisch anmutenden botanischen Glaspalast. Ihm blieb nichts anderes übrig, als das ganze feuchtwarme Tropenhaus nach dem Chef abzusuchen.

Er begann in einem Seitentrakt, der zum angegliederten Hackschnitzelkraftwerk führte, in dem Deuerlein Holz im großen Stil verfeuerte, um den immensen Energiebedarf seiner Treibhäuser decken zu können. Paul sah sich in dem schlichten Gang kurz um, rief Deuerleins

Namen und wollte kehrt machen, als er auf etwas aufmerksam wurde. Unter einer Abdeckplane lugte ein schmales Rad hervor. Paul erkannte einen Reifen und Speichen.

Er näherte sich der Plane, hob sie an und legte ein Fahrrad frei. Ein Herrenrad. Paul konnte gar nicht anders, als an die Radspuren vom Tatort zu denken. Er entdeckte Erdkrumen im Profil, was jedoch kaum verwunderlich war in dieser Gegend. Ehe er beginnen konnte, einen Zusammenhang zwischen seiner Entdeckung und dem Mordfall herzustellen, schob er den eigenen Gedanken einen Riegel vor. Er konnte doch nicht jedes x-beliebige Fahrrad im Knoblauchsland für verdächtig halten. Auch nicht jedes Zweirad auf Deuerleins Betriebsgelände. – Oder etwa doch?

Da der Zwischentrakt nicht gut genug beleuchtet war, entschloss sich Paul dazu, das Rad nach draußen zu schieben, um es sich bei Tageslicht genauer anzusehen. Er glaubte zwar nicht ernsthaft daran, aus dem Grad der Verschmutzung Rückschlüsse ziehen zu können, an welchen Äckern Deuerlein vorbeigeradelt war. Zur Untersuchung von Erdspuren wäre eine Laboranalyse nötig. Aber vielleicht landete er ja doch einen Zufallstreffer. Möglicherweise war das Rad bei dem Vorfall im Sonnenblumenfeld ja umgefallen und wies Beschädigungen auf?

Auf dem sonnenbeschienenen, unbefestigten Platz zwischen Gewächshaus und Hackschnitzelwerk stellte Paul das Rad ab und betrachtete es aus zwei Metern Entfernung. Es handelte sich um eine Mischung zwischen Rennrad und Mountainbike, der exakte Begriff lautete wohl Trekkingrad. Die Reifen fielen längst nicht so wuchtig aus wie bei anderen geländetauglichen Typen. Es könnte in etwa hinkommen, überlegte Paul, der mit seinem Fund aber ansonsten nichts Sinnvolles anzufangen wusste.

Daher beschloss er, das Rad vorerst dorthin zurückzuschieben, wo er es gefunden hatte. Er hatte den Lenker gerade gedreht, als das Dröhnen eines Traktors an sein Ohr drang, das schnell lauter wurde.

Keine zehn Sekunden später bog ein Bulldog um die Ecke des Heizwerks. Ein imposanter Auftritt mit mächtigem Motorblock, Doppelbereifung und einem Fahrerhaus hoch wie ein Bus. Das PS-Monster kam kurz vor Paul zum Stehen.

»Herr Flemming? Was haben Sie denn hier verloren?« Deuerlein, in Arbeitskleidung mit Jeans, schwarzgrüner Jacke und Schirmmütze, beugte sich aus der Kabine und rief gegen den wummernden Lärm seiner Maschine an. Dann wurde er auf das Fahrrad aufmerksam und erkundigte sich: »Wenn ich es nicht besser wüsste, würde ich annehmen, dass Sie gerade mein Fahrrad klauen. Das ist doch meins, oder?«

»Genau das wollte ich Sie fragen, Herr Deuerlein. Ich habe es im Gewächshaus gefunden.«

»Was heißt gefunden? Ich stelle es dort immer ab. Warum haben Sie es rausgeschoben?«

»Ich wusste nicht, dass Sie Fahrrad fahren.«

»Ist das denn etwas Besonderes?« Deuerlein lachte. »Selbstverständlich fahre ich Rad. Es gibt keine bessere Möglichkeit, um auf meinen Ländereien nach dem Rechten zu sehen. Ich drehe regelmäßig meine Runden.«

Paul spürte ein Ziehen in seiner Brust, gleichzeitig bildete er sich ein, soeben ein Puzzleteil gefunden zu haben, nach dem er die ganze Zeit unbewusst gesucht hatte. Denn jetzt fiel es ihm auf: Deuerleins Allwetterjacke hatte ein grün-schwarz kariertes Muster. Plötzlich war er sich sicher: Er sprach mit genau demjenigen, der Tag für Tag am Sonnenblumenfeld vorbeiradelte. Demjenigen, der unter Umständen die verräterische Spur im Ackerboden hinterlassen hatte und den er am Tag des Mordes ganz am Rande eines seiner Fotos festgehalten hatte.

»Waren Sie mit Ihrem Rad auch an dem Tag unterwegs, als Frieda starb?«, fragte Paul nun sehr direkt.

»Das kann schon sein«, antwortete der Bauer gelassen. »Schade, dass ich nicht zur rechten Zeit vorbeigekommen bin. Sonst hätte ich vielleicht das Schlimmste verhindern können.« Er blickte Paul freundlich, aber zugleich fordernd an. »Stellen Sie das Rad nun zurück, bitte.«

Paul zögerte. »Würde es Ihnen etwas ausmachen, wenn ich mir das Rad ausleihe?«

»Wieso?« Deuerleins Miene verdüsterte sich. »Hat Ihr Renault den Geist aufgeben? Dann fahre ich Sie gern mit meinem Wagen zurück in die Stadt.«

Paul hielt den Lenker des Rades mit beiden Händen fest. »Nein, mit meinem Auto ist alles okay. – Darf ich Ihr Rad trotzdem für ein paar Tage haben?«

Deuerlein stellte den Motor des Treckers ab. »Schieben Sie es zurück.«

»Nein«, sagte Paul, um eine stärkere Reaktion zu provozieren.

Das gelang ihm, denn Deuerlein wurde ungehalten: »Lassen Sie Ihre Finger von meinem Eigentum, sonst …«

»Sonst was? Sonst holen Sie die Polizei? Sind Sie sicher, dass Sie die hier haben wollen?«

Deuerlein fixierte ihn. »Was bezwecken Sie eigentlich mit Ihrem flegelhaften Verhalten, Flemming?«

Paul entschied sich zu pokern: »Sie haben selbst gesagt, dass Sie mit dem Fahrrad unterwegs waren an dem Tag, als Frieda starb.«

»Ich bin jeden Tag unterwegs.«

»Sie haben sie getroffen.«

»Mag sein, dass ich an ihr vorbeigeradelt bin.«

»Nur vorbeigeradelt? Dann können Sie nichts dagegen haben, wenn die Polizei sich das Rad mal genauer ansieht.«

Paul musste jederzeit damit rechnen, dass er von seinem Trecker steigen und ihn am Kragen packen würde. Doch der Bauer blieb sitzen. »Verdammt, Flemming, was geht Sie das überhaupt an?«

»Sie waren zur Tatzeit am Tatort, ist das richtig?«

»Ja, verflucht nochmal, ja. Aber das bedeutet gar nichts: Ich radele in der Woche mehrmals an dem Feld vorbei. Reifenspuren von mir sind da ganz normal, wenn Sie das meinen.«

»Mag sein. Entscheidend ist, dass Sie auch zur fraglichen Stunde dort waren: Sie haben Frieda gesehen, sind neben ihr stehen geblieben und haben sich mit ihr unterhalten.«

»Ja, Sie Schlauberger. Auch daraus können Sie mir keinen Strick drehen.«

»Wirklich? Hat es sich nicht so abgespielt, dass ein Streit zwischen Ihnen entbrannt ist? Sie sind vom Rad gestiegen und zu ihr gegangen. Dann haben Sie sie gepackt! Sie haben sie gepackt und in das Feld gestoßen. Mit dem Kopf auf den Stein.«

Der Bauer reagierte mit einem hohlen Lachen. »Was

für ein Unsinn! Gar nichts habe ich gemacht! Ich habe mit ihr ein paar Worte gewechselt, ja, das ist richtig, aber dann bin ich weitergeradelt. Da lebte sie noch und war guter Dinge.« Verächtlich fügte er hinzu: »Sie haben ja nicht mehr alle Tassen im Schrank, mir solche Vorwürfe zu machen. Die reinen Hirngespinste! Es gibt nur einen einzigen Grund dafür, dass ich diese Begegnung vor der Polizei verschwiegen habe: Ich hatte keine Lust, mich da hineinziehen zu lassen.«

Paul blieb beharrlich: »Schön und gut. Aber nun ist es raus, und Sie werden nicht drum herum kommen, Ihre Aussage nachzuholen.« Er zog sein Handy aus der Tasche. »Wenn Sie mir Ihr Rad partout nicht überlassen wollen, dann soll es sich die Polizei selbst abholen. Ich gebe eben im Präsidium Bescheid.«

»Lassen Sie das!«, brüllte Deuerlein von seinem Traktor herunter. »Ich will mit der Polizei nichts zu tun haben! Keine Zeit für diesen Unsinn!«

Paul ließ sich nicht davon abbringen, die Nummer einzutippen. »Tut mir leid, aber ich halte das für notwendig.«

»Stopp!«, schrie Deuerlein mit hochrotem Kopf.

Paul ließ das Handy wieder in seiner Tasche verschwinden und sah zu ihm auf. »Ja, Herr Deuerlein? Habe ich Sie in eine Zwickmühle gebracht?«

»Sie sind ein unsäglicher Querulant und Unruhestifter! Niemals hätte ich mich mit Ihnen abgeben dürfen!«

Es war an der Zeit, alles auf eine Karte zu setzen: »Sie haben sie getötet, Herr Deuerlein«, sagte Paul laut. »Sie haben die arme Frieda umgebracht!«

Deuerlein schäumte vor Wut. »Das sagt sich so leicht! Sie haben ja keine Ahnung! Ich wollte Frieda nicht töten, ganz gewiss nicht. Es war ein Unfall! Nur ein dummer Unfall!«

Paul ließ das Rad stehen, trat näher an den Traktor heran und sah zu Deuerlein auf. »Was ist vorgefallen? Erzählen Sie es mir!«

»Nichts als eine Meinungsverschiedenheit, ein Streit. Sie hat mich gereizt, ich geriet in Rage. Da habe ich ihr einen leichten Schubs verpasst und zack.«

»Zack? Frieda ist mit großer Wucht auf dem Boden aufgeschlagen. Das muss mehr als ein kleiner Schubs gewesen sein.«

»Ach, verflixt! Sie rauben mir den letzten Nerv mit Ihrer Fragerei!«

»Die Polizei wird Ihnen noch ganz andere Fragen stellen.«

»Hören Sie doch auf! Sie wissen überhaupt nichts über meine Gründe!«, wütete der Bauer. »Dieses kleine Miststück hat mich erpresst! Wollte mich ausquetschen wie eine Zitrone!«

Jetzt habe ich ihn, dachte Paul und schloss sofort die nächste Frage an: »Womit hat Frieda Sie denn erpressen können?« Paul hatte diese Frage kaum ausgesprochen, als ihm die Erleuchtung kam. Ihm kam Friedas Mutter in den Sinn, ihre Affäre, die Schwangerschaft. Sollte Deuerlein etwa …?

»Ja, verdammt, diese durchtriebene Göre hat es irgendwie herausgekriegt und wollte Profit daraus schlagen.«

»Das bedeutet«, folgerte Paul ahnungsvoll, »dass Sie Friedas leiblicher Vater sind? Dass Sie derjenige waren, der damals ein Verhältnis mit Frau Bruns hatte?«

Deuerlein zündete den Motor seines Traktors. Der mächtige Diesel stieß eine tiefschwarze Rußwolke aus und erwachte wummernd zu neuem Leben. Als Deuerlein den Motor im Leerlauf aufheulen ließ, jagte er Paul einen sicher beabsichtigten Schrecken ein. »Alte Kamellen! Damit hätte sie mich nicht mehr rankriegen können. – Aber das gierige kleine Flittchen wollte Alimente haben! Und was für welche!«

»Alimente?« Paul brauchte einige Sekunden, um auch diese neue Erkenntnis erfassen zu können. Erst allmählich wurde ihm die ganze Tragweite von Deuerleins Worten bewusst. »Sie meinen ... Sie behaupten ...« Paul brachte es nicht fertig, das auszusprechen, was er soeben begriffen hatte: Deuerlein war nicht nur Friedas Vater, sondern auch der Erzeuger ihres ungeborenen Kindes! »Das ist unglaublich. Ungeheuerlich!« Er tastete seine Hosentasche erneut nach seinem Handy ab und zog es heraus.

»Jetzt räumen Sie endlich das Fahrrad weg!«, befahl Deuerlein.

»Nein!«, entgegnete Paul energisch und hielt sein Handy in die Höhe. »Wir holen auf der Stelle die Polizei.«

»Das machen wir nicht. Es gibt überhaupt keine Beweise gegen mich. Und keine Zeugen.«

»Doch! Mich!«, rief Paul gegen den Motorenlärm an und wusste im gleichen Moment, dass dies ein fataler Fehler war.

Deuerlein legte den Gang ein. Mit einem Ruck setzte sich das mächtige Gefährt in Bewegung. Paul musste einen schnellen Ausweichschritt hinlegen, um nicht augenblicklich von den mannsgroßen Rädern überrollt zu werden. Bei der hektischen Bewegung entglitt ihm das Handy, fiel zu Boden und zerlegte sich beim Aufprall in seine Einzelteile.

Der Traktor erwies sich trotz seiner Ausmaße als extrem wendig. Wieder drohten die Reifen Paul zu erfassen. Er stolperte rückwärts, fing sich, begann zu laufen. Deuerlein setzte ihm nach, erhöhte das Tempo.

Paul musste binnen Sekunden entscheiden, in welche Richtung er flüchten sollte, denn er hatte nichts in der Hand, mit dem er sich dem motorisierten Kraftprotz entgegenstellen konnte. Hektisch sah er sich auf dem Platz um, suchte nach etwas, das ihm Schutz bieten könnte. Gab es Hindernisse, hinter die er sich verkriechen könnte? Nischen oder Verstecke, in die er sich zwängen könnte? Ihm blieb kaum Zeit, die Lage zu erfassen, denn das Monstrum von Traktor walzte schnell auf ihn zu. Überall, wo er hinsah, erkannte er nur die ebene Fläche des gepflasterten Hofs. Und dahinter die Gewächshäuser.

Also wohin? In Richtung Hofausfahrt und damit auf die Straße? Da hätte ihn Deuerleins Bulldog sofort erwischt. Hinaus aufs Feld? Auch das wäre ein Klacks für den Traktor. Er würde die Sonnenblumen einfach niedermähen. Ihm blieb nur die Flucht zurück ins Gewächshaus!

Er nahm all seine Kräfte zusammen, um die wenigen Meter bis in den sicheren Unterstand möglichst schnell zurückzulegen. Es gelang ihm, den Eingang zu erreichen, vor sich sah er schon die Tomatenkolonien. Doch unmittelbar hinter ihm dröhnte der Traktor.

Und das Dröhnen ließ nicht nach, als Paul sich schon in Sicherheit wähnte: Deuerlein steuerte den Bulldog direkt in das Treibhaus hinein!

Es tat einen ungeheuren Schlag, als der hohe Aufbau des Traktors den Rahmen der Pforte aus der Verankerung riss. Zu Pauls größter Beunruhigung setzte der Traktor seine Fahrt ungebremst fort und riss alles im Wege Stehende mit sich. Kübel, Tonnen und Schubkarren wurden überfahren oder beiseitegekickt, ein Düngerwagen einfach niedergewalzt. Der Trecker mutierte zum Panzer, dessen einziger Zweck Zerstörung und Verwüstung war.

Während Paul den Gang zwischen den Tomatenkolonien entlang hechtete, folgte ihm das PS-Monstrum mit ungezähmter Energie. Paul hörte hinter sich das Glas splittern. Es klirrte und krachte ohrenbetäubend.

Wie ein Berserker pflügte Deuerlein mit dem Traktor durch sein Treibhaus. Stahlträger und Aluminiumstreben verwandelten sich in scharfkantige Wurfgeschosse, als sie aus ihren Verankerungen gerissen wurden und wie Pfeile durch die Luft schnellten.

Die Welle der Zerstörung folgte Paul wie eine Lawine: Während vor ihm die Konstruktion des Gewächshauses erstaunlicherweise standhielt, brach hinter ihm die Hölle los. Paul duckte sich unter den umherfliegenden Trümmern hinweg und setzte seine Flucht fort. Sein Verfolger setzte ihm ohne Rücksicht auf Verluste nach, verwandelte das Gebäude in ein Trümmerfeld. Verstrebungen und Stützpfeiler knickten ein, als wären sie aus Pappe. Die Hydrokulturen wurden von den Gabeln des Frontladers aus ihren Verankerungen gerissen, Ranken und Früchte von den breiten Reifen zermalmt.

Ein kaum erträglicher Lärm begleitete Deuerleins Zerstörungswut. Paul hielt instinktiv die Hände über seinen Kopf, als er unter den kabelartigen Tentakeln einer besonders ausgeprägten Tomatenpflanze hindurchtauchte, dicht gefolgt von dem dröhnenden Traktor.

Nur noch schätzungsweise zwanzig Meter hatte Paul vor sich, dann endete die Halle an einer geschlossenen Glasfront. Während Paul Haken schlug wie ein Hase, um der tödlichen Wucht des Traktors zu entkommen, hielt er verzweifelt nach einer Fluchttür Ausschau. Doch er sah keine!

Noch zehn Meter! Paul hastete von links nach rechts, dann zurück, immer auf der Hut, nicht auf einer zermatschten Tomate auszurutschen. Für ihn stellte die Glasfront ein unüberwindbares Hindernis dar, während Deuerlein mit seinem Gefährt einfach hindurchbrechen und Paul unter seinem tonnenschweren Bulldog begraben konnte.

Fünf Meter! Paul unternahm ein letztes hastiges Ausweichmanöver. Er war jetzt in heller Panik. Keine drei Sekunden später klatschten seine Hände gegen die Scheibe, versuchten zu schieben und zu drücken. Vergebens! Seine Flucht endete genau hier!

Deuerlein schwenkte die Gabel seines Frontladers nach unten, brachte sie damit auf Pauls Brusthöhe. Wieder gab er Gas und beschleunigte seinen Traktor mit einem Ruck.

Paul sah keine Chance mehr für sich. Urängste und Reflexe übernahmen das Kommando über seinen Körper. Zwangen ihn zu Boden. Ließen ihn sich flach auf den kalten, feuchten Beton werfen.

Er hörte, wie der Motor noch lauter wurde. Näher kam und immer näher. Wie sich die stählernen Gabeln in die Scheibe über ihm bohrten. Wie das Glas barst. Winzige Splitter rieselten auf ihn herab.

Paul meinte bereits zu spüren, wie die Vorderräder über seinen Körper rollten. Ihn zerquetschten, auspressten, ihm das Leben nahmen.

Doch dem gedachten Schmerz folgte kein reales Leiden. Kein Brechen seiner Knochen, kein tödlicher Druck auf Haut und Fleisch. Stattdessen plötzliche Stille. Der mächtige Diesel über ihm verstummte, der Traktor war zum Stillstand gekommen.

Benommen und verwirrt blieb Paul liegen, traute sich nicht aufzusehen. Dann hörte er Stimmen. Aufgeregte Rufe, Befehle, Ermahnungen. Die Stimmen von mehreren Männern – und die einer Frau.

24

»Jasmin!«, rief Paul und befreite sich mit einiger Anstrengung aus seiner beengten Lage. Denn die Vorderreifen des Traktors waren nur wenige Zentimeter vor seinem Arm zum Stehen gekommen. Er richtete sich auf und schüttelte Scherben und Dreck von seiner Kleidung.

Ein übermächtiges Gefühl der Erleichterung und Dankbarkeit überkam ihn, als er Jasmin in die Arme schloss und an sich drückte. »Die zweite Rettung in so kurzer Zeit – bist du mein neuer Schutzengel?«

Nachdem er sich von ihr gelöst hatte und sich umsah, wurde ihm das volle Ausmaß der hinter ihm liegenden Tortur bewusst: Die Ausstattung des Gewächshauses war durch Deuerleins Amokfahrt nahezu vollständig zerstört worden. Die Pflanzenstränge bildeten ungeordnete Knäuel oder lagen zerfetzt über den Boden verstreut. Die Haltestangen waren zu wilden Formen verbogen, während die Bewässerungsrohre geborsten waren und ungezielt Wasserfontänen verspritzten. Weil zahlreiche Stützpfeiler ebenfalls beschädigt oder vernichtet worden waren, sackte das Glasdach auf halber Höhe gefährlich durch. Totalschaden, dachte Paul und war heilfroh, dass selbiges nicht auch auf ihn zutraf.

Mehrere Uniformierte mit gezückten Pistolen hatten den Traktor umstellt und erteilten Deuerlein Anweisungen. Dieser saß regungslos hinterm Steuer und reagierte nicht auf die Rufe der Beamten. Schließlich stiegen zwei Polizisten von beiden Seiten zum Führerhaus hinauf, während die anderen mit ihren Waffen weiter auf

Deuerlein zielten. Widerstandslos ließ sich der Bauer Handschellen anlegen und aus seiner Kanzel helfen.

»Wer hat euch alarmiert?«, fragte Paul, nachdem Deuerlein abgeführt worden war. Denn er konnte sich seine Rettung in der buchstäblich letzten Sekunde nicht erklären.

»Wir uns selbst«, sagte Jasmin. Auf ihren Wangen bildeten sich zwei kleine Grübchen, als sie Paul anlächelte. »Du hast verdammtes Glück gehabt, weißt du das? Wir sind hierhergekommen, um Herrn Deuerlein vorläufig festzunehmen. Wegen dringenden Mordverdachts an Frieda Bruns.«

»Woher ...«, Paul atmete mehrmals durch, um sich zu beruhigen. »Woher wusstet ihr es?«

»Hat dir Katinka von dem Haar erzählt?«

»Von dem Haar?« Paul dachte an seine Gespräche mit Katinka zurück und an dieses beiläufig erwähnte Detail. »Ja, aber das hatte doch keine Bedeutung, dachte ich.«

»Von wegen!«, widersprach Jasmin. »Beim DNA-Vergleich gab es zwar keine Treffer in unserer Verbrecherkartei, aber das Labor ist auf eine ganz andere Parallele gestoßen. Das Erbgut dieses Haares – übrigens zweifelsfrei das eines Mannes – wies eklatante Übereinstimmungen mit Friedas DNA auf.«

Pauls Unterkiefer klappte nach unten. Er war bass erstaunt, als er rekapitulierte: »Dann handelt es sich um ein Haar ihres leiblichen Vaters?« In seinem Kopf überschlugen sich die Gedanken. »Aber wie seid ihr auf Deuerlein gekommen?«

»Diese Vermutung haben wir Tobias Bruns zu verdanken. Er hegte einen solchen Verdacht schon seit einiger Zeit, hatte es aber nie auszusprechen gewagt, nicht zuletzt aus Furcht vor der Reaktion seines Vaters Wilhelm. Es war wohl so, dass seine Schwester oder besser Halbschwester kurz vor ihrem Tod gewisse Andeutungen gemacht hatte, die Tobias stutzig werden ließen. Zwar nannte sie ihm gegenüber bis zuletzt nie den Namen Deuerlein, weil sie ihren persönlichen Rachefeldzug offenbar ohne die Hilfe ihres großen Bruders durchziehen wollte. Aber Tobias ist ja ein pfiffiges Kerlchen und zog aus seinen Beobachtungen die richtigen Schlüsse. Nun, da es seinem eigenen Vater an den Kragen gehen sollte, entschloss er sich endlich dazu, uns von seiner Vermutung zu berichten. Wurde auch höchste Zeit!« Jasmin deutete auf den Streifenwagen, der soeben mit Deuerlein an Bord abfuhr. »Ein Gentest sollte uns letzte Gewissheit geben, doch nach dem, was hier gerade vorgefallen ist, spielt das Haar als Beweis wohl doch nur eine untergeordnete Rolle.«

»Ja, aber warum um alles in der Welt hat sich Frieda ausgerechnet von Deuerlein ein Kind machen lassen?«, fragte Paul auf der Suche nach schlüssigen Erklärungen. »Sie muss ihn doch gehasst haben wie die Pest für all das, was er ihrer Familie angetan hatte. Und das vor dem Hintergrund, dass es sich bei ihm um ihren leiblichen Vater handelte.«

»Wie wahr! Hier spielt der Zeitfaktor eine Rolle: Wenn ich richtig liege, hat sich Frieda auf eine Affäre mit Deuerlein eingelassen, noch bevor sie wusste, dass er ihr Vater war. Vielleicht hat ihr seine energische und entschlossene Art imponiert, vielleicht wollte sie als aufmüpfiges Kind auch Wilhelm Bruns provozieren. Fakt ist, dass sie mit ihren Sabotageakten gegen Deuerleins Gewächshäuser erst vor Kurzem begonnen hatte.

Zu einem Zeitpunkt, als sie bereits schwanger war. Das arme Mädchen muss schrecklich verzweifelt gewesen sein.«

»Wahnsinn!«, stieß Paul aus. »Trotz allem hat Frieda bis zuletzt große Stärke gezeigt. Ihr Wunsch, es Deuerlein heimzuzahlen, muss ihr ungeahnte Kräfte verliehen haben. Niemand aus ihrem Bekanntenkreis sollte ihre verzweifelte Lage erkennen. Sie hat es geschafft, allen etwas vorzuspielen und sich nichts anmerken zu lassen. Sogar bei dem Kalendershooting wollte sie noch mitmachen. Unfassbar.« Kaum hatte er ausgesprochen, merkte er, wie ihm flau wurde und ging in die Knie.

»Soll ich besser dem Sani Bescheid geben?«, fragte Jasmin besorgt.

Paul winkte ab. »Nee, lass mal, geht gleich wieder.« Selbstkritisch fügte er hinzu: »Ich fürchte nur, ich komme allmählich in das Alter, in dem man nicht mehr alle Stunts selbst machen sollte.«

25

Nach den hinter ihm liegenden Strapazen schmiss Paul seine ursprüngliche Menüplanung für den Abend kurzerhand um. Statt leichter Kost stand ihm der Sinn nach etwas Deftigem: einem klassisch fränkischen Schäufele!

Jan-Patrick brachte das kross gebackene Schulterstück an Pauls Stammtisch in der Erkernische des *Goldenen Ritters* und balancierte auf dem Teller auch einen buttergelben Kloß von der Größe eines Tennisballs. Dessen Konsistenz glich beim ersten leichten Piksen mit der Gabel der von Gummi, gab dann aber nach und offenbarte seinen herzhaft duftenden, flockig leichten Inhalt. Paul stippte wonnevoll einen Happen Kloß in die erdig braune Soße und genoss mit zufriedenen Brummtönen.

Auch Katinka hatte sich umentschieden und machte sich über einen Saibling in einer mit Kräutern gesprenkelten Eierschaumpanade, gekrönt von einem Häuflein geriebener Zitronenschale, her.

Sie erklärte die neue Speisenwahl selbstironisch mit der Begründung, dass sich seit ihrem letzten Gespräch ja auch der Hauptverdächtige verändert hätte: Statt Bauer Bruns saß nun Deuerlein in Untersuchungshaft – und Katinka zeigte sich mehr als erleichtert darüber, dass dadurch ein Justizirrtum erster Güte abgewendet war.

»Dann hat Tobias also den Ausschlag gegeben«, stieg Paul kauend in die Fallanalyse ein.

Katinka genehmigte sich einen Schluck Silvaner, bevor sie bestätigte: »Ja, er konnte es nicht ertragen, seinen Vater hinter Schloss und Riegel zu sehen. Deshalb steckte er uns seinen Verdacht gegen Deuerlein. Ihm war nämlich schon seit Längerem aufgefallen, dass sich der mächtige Mann vom Nachbarhof auffällig für Friedas Werdegang interessierte. Dazu kamen dann die seltsamen Andeutungen seiner Schwester. Für seine Schlüsse daraus hatte Tobias zwar nicht den geringsten Beweis, aber inzwischen gab es ja auch den Durchbruch bei der Genanalyse des Haares. Deshalb entschloss sich der sonst so träge Kripochef Schnelleisen zu handeln und schickte seine Truppen los.«

»Gerade noch rechtzeitig«, meinte Paul in banger Erinnerung an Deuerleins Traktorattacke. »Aber selbst wenn jetzt alles geklärt ist – dass Frieda ein Kind ihres eigenen Vaters in sich trug, kann ich noch immer nicht fassen. Hatte sie denn, als sie sich mit Deuerlein einließ, gar keine Ahnung?«

»Offenbar nicht«, mutmaßte Katinka. »Doch als sie es erfuhr, muss sie entsetzt und angeekelt gewesen sein. Wahrscheinlich hat sie sich dafür gehasst, mit Deuerlein ins Bett gegangen zu sein. Ihre Wut sich selbst gegenüber richtete sich bald darauf nach außen und sie machte sich Luft beim Einwerfen von Scheiben und Graffitisprayen. Aber das reichte ihr nicht: Frieda wollte Deuerlein nicht nur materiellen Schaden zufügen, sondern ihn in ihrer Rache auch persönlich treffen. Durch Erpressung und psychologischen Druck, den sie gegen ihn aufbaute. Sie muss ihn gepiesackt haben, bis er am Ende die Beherrschung verlor.«

»Es muss ihr aber doch klar gewesen sein, dass sich Deuerlein ihren Nervenkrieg auf die Dauer nicht gefallen lassen würde und sie sich selbst in Gefahr brachte.«

»Ja, ich glaube, das war ihr durchaus bewusst. Vielleicht hat sie es tatsächlich darauf angelegt, dass die

Situation eskalierte. Vielleicht hat sie sogar den eigenen Tod einkalkuliert, womöglich als eine Art Selbstbestrafung.«

»Eine krasse Art, sich selbst zu schaden«, meinte Paul grüblerisch. »Es wird schwer sein, das mit letzter Gewissheit zu klären, wenn Deuerlein nicht geständig ist. – Aber wenigstens ist Wilhelm Bruns rehabilitiert, nicht wahr?«

»Rehabilitiert: ja. Aber glücklich: nein.« Katinka blickte ihn nachdenklich an. »Er hat jahrelang mit der Ahnung oder sogar dem Wissen gelebt, dass Frieda nicht sein eigen Fleisch und Blut war. Auch wenn ich Bruns eine Zeit lang unter Verdacht hatte, muss ich mein Bild von ihm korrigieren: Dieser raue Kerl hat ein weiches Herz. Seine Stieftochter liebte er genauso wie seinen Sohn. Dass sie ihm genommen wurde – noch dazu von dem Ehebrecher von einst –, ist für ihn kaum zu verkraften.«

»Das kann ich gut nachempfinden. Vor allem die Neuigkeit, dass sich Deuerlein an seine eigene Tochter herangemacht und sie geschwängert hatte, dürfte Bruns abermals den Boden unter den Füßen wegziehen. Der arme Mann tut mir leid.«

»Mir auch. Wir haben ihm psychologischen Beistand angeboten. Aber wie du dir denken kannst, hat er abgelehnt.«

»Man kann nur hoffen, dass er diese schwere Zeit gemeinsam mit seinem Sohn durchsteht. Wenn jemand Bruns wieder aufbauen kann, dann ist es Tobias. Er würde – trotz der Spannungen zwischen den beiden – für seinen Vater durch dick und dünn gehen. Da bin ich mir sicher.«

Marlen räumte ab, gleich darauf servierte Jan-Patrick das Dessert: geeistes Holundersorbet. Paul ließ sich ein zweites Kellerbier bringen, dann verkündete er nicht ohne Stolz: »Ich bin fast fertig. Die meisten Umzugskartons sind gepackt.«

Katinka sah ihn glücklich an. »Fein. Unser neues Hauptquartier ist quasi einzugsbereit. Heute sind die Maler fertig geworden. Ich war vorhin kurz drüben und habe den Blick auf die Pegnitz genossen.«

»Klingt gut«, sagte Paul. »Und von der Kleinweidenmühle aus sind es ja auch nur ein paar Minuten bis in die Altstadt. Kaum ein Unterschied zu jetzt.«

Katinka schmunzelte und stupste Paul an den Unterarm. »Tu doch nicht so, als ob dir der Abschied vom Weinmarkt plötzlich leicht fällt. Meinst du, ich weiß nicht, was du da für ein Opfer bringst?«

»Opfer? Jetzt übertreibst du.«

»Nein, nein, ich übertreibe nicht. Dein Loft am Weinmarkt ist dir ans Herz gewachsen, und dich gewaltsam umzusiedeln wäre das Letzte, was ich wollte.«

»Kati, doch, du übertreibst maßlos! Ich habe mich mit dem Gedanken an den Umzug längst angefreundet.«

»Na, wenn das so ist, kann ich dir ja getrost den Namen deines Nachmieters für den Weinmarkt nennen.«

Paul stockte der Atem. »Nachmieter? – Gibt es denn schon einen?«

Katinka nickte mit vielsagender Miene. »Ja.« Sie legte eine Pause ein, bevor sie ihr Wissen mit ihm teilte: »Sein Name lautet Flemming, Paul Flemming.«

»Aber ... wie? Das verstehe ich nicht.«

Katinka griff nach Pauls Händen. »Ich war so frei, mich mit deinem Vermieter in Verbindung zu setzen. Er ist mit einer Verlängerung des Vertrags einverstanden. Allerdings sollten wir die Wohnnutzung in eine gewerbliche umwandeln: Das Loft bleibt als Fotoatelier erhalten. Als dein Arbeitsplatz!«

Paul musste die Worte erst auf sich wirken lassen, bevor er seine Frau anstrahlte: »Das ist ja ... – grandios! Eine tolle Idee. Aber können wir uns das leisten?«

»Ich glaube schon«, meinte Katinka amüsiert. »Notfalls müssen Hertha und Hermann dein Taschengeld erhöhen.«

»Sehr witzig. Ich bin selbst bereit, für diesen Luxus Überstunden zu schieben.«

Katinka hob ihr Glas: »Also dann: Zum Wohl! Auf die neue Wohnung und das alte Atelier!« Im Säuselton fügte sie hinzu: »Von mir aus darfst du deine Mokkabraune im Flur hängen lassen. – Obwohl ich ein wenig eifersüchtig bin, weil ich manchmal das Gefühl habe, dass du mit ihr einige Geheimnisse teilst, von denen ich nichts weiß.«

Mag sein, dachte Paul glücklich und zufrieden.

Danksagung

Für wertvolle Tipps und Anregungen danke ich Dr. Uwe Meier, Astrid Seichter, Ralf Lang, Kerstin Hasewinkel, Susanna und Sabine Gräwe, Peter und Dietlind Beinßen, Dr. Hanna Stegbauer sowie Anna Engel fürs »Leiche-Mimen« im Sonnenblumenfeld.